AF374296

CUORI CONTROVENTO

FLUMERI & GIACOMETTI

Cuori controvento© 2018 EmmaBooks BookRepublic, Milano

Cuori controvento© 2022 by Flumeri & Giacometti, FluGia, Roma

ISBN: 9798840183533

Copertina: The Cover Collection

CUORI CONTROVENTO

UNO

Il sole ormai era alto nel cielo, i raggi giocavano sulle onde. Las Palmas era lì, davanti a loro. Ancora poche miglia e la regata si sarebbe conclusa e, come ormai succedeva da tre anni, la *Blue Lucky* si sarebbe qualificata prima. Erano stati dieci giorni intensi, difficili. Avevano dovuto combattere contro il mare, contro il vento, contro avversari temibili, ma ce l'avevano fatta. Erano in dirittura d'arrivo.

Marco emise un sospiro soddisfatto. Era questo che gli piaceva quando svestiva i consueti panni di imprenditore: il contatto diretto con la natura, la sfida con se stessi, la lotta per emergere, per non arrendersi. Con una mano si tirò indietro i ricci bruni scompigliati dal vento, mentre con l'altra serrava il timone.

«Senza di te non saremmo qui. Sei il miglior timoniere che conosca. Dovresti farlo come lavoro.»

La mano dell'armatore si posò sulla sua spalla in una stretta virile, amichevole.

Marco si voltò e gli scoccò un sorriso che raggiunse e fece scintillare i suoi occhi azzurri. Nonostante fossero molto diversi, Armando, oltre ad essere l'armatore della *Blue Lucky*, era diventato anche suo amico.

«Sai che puoi contare su di me. Non ti dirò mai di no, questo è il mio elemento» replicò. «Come sosteneva Conrad, la vera pace la trovi solo in un luogo mille miglia distante dalla terra più vicina e sottoscrivo ogni singola parola» continuò, stringendo il vento.

«Ogni volta che ti guardo mi chiedo come hai fatto a finire dietro una scrivania» commentò Armando.

«E ogni volta ti rispondo allo stesso modo» ribatté Marco. «Io non sto dietro una scrivania, compro aziende per rivenderle. Gioco.»

«È la passione che fa la differenza» rispose l'altro di rimando facendogli l'occhiolino con aria complice, «e tu ne hai da vendere.»

«Su questo puoi giurarci.» Uno spruzzo d'acqua salata li bagnò. «Quando il gioco si fa duro, non mollo. Mai.»

«Lo so, per questo ti ho scelto, così come ho scelto tutti gli uomini del mio equipaggio. Uno ad uno. Perché vi ho riconosciuti.»

Marco rise. Una risata di gusto, aperta, allegra, gli occhi socchiusi, la testa leggermente reclinata all'indietro.

«Non mi sembrava di aver fatto una battuta» puntualizzò Armando alzando la voce per soverchiare il vento.

«E infatti rido perché ti prendi troppo sul serio, Armando. La verità è un'altra e tu la conosci bene. Ci hai scelti perché nessuno di noi è disposto a perdere, tu per primo. Hai investito troppi soldi su questa barca e vuoi il tuo ritorno.»

Marco era l'unico che poteva permettersi di dirgli certe cose in modo così diretto senza che si offendesse e, infatti, Armando incassò con stile.

«In fondo diciamo la stessa cosa con sfumature leggermente diverse» rispose. Poi batté in ritirata. «Scendo sotto coperta, vuoi uno spuntino?»

Marco scosse la testa e rispose:

«Un caffè non mi dispiacerebbe». Si voltò indietro per controllare la posizione delle altre barche. «L'ultimo l'ho preso all'alba. Ma dovevamo mettere un po' di distanza tra noi e i nostri avversari.»

«Primi. Dobbiamo arrivare primi. Come l'anno scorso» ribadì Armando, poi lo lasciò solo.

Marco serrò le mani sul timone pensando che un'altra sfida era quasi vinta e che in realtà non aveva nessuna voglia di tornare alla solita routine. Giselle, la sua socia, proprio il giorno precedente gli aveva mandato un messaggio in cui gli comunicava che la persona che aspettavano si era finalmente decisa a vendere, dunque tutto procedeva nel migliore dei modi. Forse sarebbe riuscito a prolungare di qualche settimana la sua vacanza.

Ognuno ha il suo modo di evadere dalla realtà, Adele lo faceva leggendo. Ovunque fosse, il suo tablet era aperto sul mondo. Articoli del web sulle ultime tendenze, sull'attualità, sulle stranezze che fanno trend, tutto per lei era stimolante. Non a caso si era trasferita a Milano per intraprendere il lavoro dei suoi sogni, la social media marketing, ovvero chi cura il lancio di un prodotto o di una persona nel difficile mondo del web. Una scommessa vinta. Dopo neanche due mesi, aveva trovato posto in una piccola agenzia di servizi che stava iniziando a imporsi sul mercato. A Simone Vanni, il titolare della Italia Media Web, dopo una prima occhiata di apprezzamento al fisico longilineo dalle lunghe gambe affusolate, alla massa di capelli scuri e ai profondi occhi nocciola, era bastato un breve colloquio per capire che aveva davanti una fuoriclasse e le aveva fatto un contratto per sei mesi, che al rinnovo si era trasformato in uno a tempo indeterminato. Ora, a distanza di tre anni, i vecchi clienti chiedevano di lei e, spesso, anche i nuovi che arrivavano in agenzia grazie al passaparola.

«Vorrei essere seguito da Adele Forti.»

«Mi hanno parlato della Forti in toni entusiastici. Voglio lei.»

«Devo lanciare una nuova linea di profumi ma deve essere la Forti a seguirla.»

Adele avrebbe potuto montarsi la testa, nel suo piccolo stava diventando famosa, invece continuava a tenere un basso profilo chiedendo solo di poter lavorare con i suoi tempi. Detestava sentirsi il fiato sul collo, magari preferiva fare nottata per finire un lavoro piuttosto che arrivare con la consegna all'ultimo momento. In ufficio era la prima a entrare e l'ultima a uscire e forse anche per questo i colleghi avevano preso a benvolerla, nonostante fosse diventata la donna del capo dopo neanche sei mesi. Adele non voleva favoritismi: il rapporto tra lei e Simone doveva restare fuori dalle mura dell'Italia Media Web.

All'inizio non era stato facile, soprattutto perché Simone voleva il suo parere su tutto, anche sui progetti che non seguiva personalmente. Ma Adele era stata categorica: nessun trattamento particolare o avrebbe cercato un altro lavoro per poter continuare a stare con lui. Simone si era dovuto arrendere. Così avevano trovato un nuovo equilibrio. E tutto sembrava funzionare perfettamente. Simone accettava il suo bisogno di autonomia e lei apprezzava il suo sforzo perché conosceva la sua tendenza a gestire tutto e tutti. Due caratteri forti che si compensavano. Adele amava la sua vita a Milano, il suo lavoro, la convivenza con Simone, ma sentiva che qualcosa le mancava. Quando erano andati a vivere insieme, aveva insistito per cercare un appartamento a Como.

«È solo a un'ora di treno da Milano, c'è un'altra aria, la vita è più rilassata e poi c'è il lago» gli aveva detto, ma Simone non aveva voluto sentir ragioni. «Col nostro lavoro dobbiamo essere sempre disponibili, non si può vivere in un'altra città» aveva replicato e il discorso si era chiuso lì.

Ma a Adele mancava l'aria di casa. Il suo rapporto con la natura, il lago lievemente increspato al tramonto, le passeggiate sulla spiaggia, quelle nella faggeta. Quando aveva deciso di trasferirsi a Milano, sapeva che a qualcosa avrebbe dovuto rinunciare, ma non pensava che sarebbe stato così difficile.

Quella mattina stava lavorando al lancio del libro di un nuovo autore. Era stata lei ad insistere con Simone per accettare l'incarico. A suo avviso un libro, per vendere, doveva essere considerato un prodotto come un altro. Stava scrivendo il comunicato stampa quando sentì la musichetta del cellulare che l'avvisava di una telefonata di suo padre. Rispose subito.

«Tesoro, come stai? Mi manchi.»

«Anche tu. Qui tutto bene, ma l'estate sembra molto lontana» rispose dando un'occhiata fuori della finestra alla pioggia sottile che continuava a scendere imperterrita.

«Sei tu che hai deciso di emigrare.»

Adele sorrise, ogni volta che si sentivano lui non mancava di sottolinearlo.

«Papà, che succede?» chiese poi insospettita da quella chiamata.

«Niente, avevo solo voglia di sentirti.»

Quelle parole le suonarono strane, suo padre non era mai stato un tipo sentimentale.

«Stai bene? Hai fatto tutti i controlli?» insistette.

«Ma sì, tranquilla. Possibile che non possa avere semplicemente voglia di ascoltare la tua voce? Mi ricorda tanto quella di tua madre...»

«Papà, non farmi preoccupare, cosa sono questi discorsi? Hai litigato di nuovo con Oxana?»

«No, no, hai ragione sono solo un vecchio nostalgico. Dimmi di te, quando pensi di venire un po' a casa?»

«Non lo so, ma presto, te lo prometto.» Il telefono sulla scrivania cominciò a squillare insistentemente. «Adesso ti devo lasciare. Ci sentiamo stasera, promesso.»

Adele chiuse la comunicazione e prese al volo la chiamata di un cliente, segnando sull'agenda elettronica: telefonare papà ore 20:00.

Riccardo Forti rimise in tasca il cellulare vecchio modello che si ostinava a non voler cambiare e sospirò. Aveva fatto male a chiamare Adele, la sua ragazza aveva le antenne e si era subito accorta che qualcosa non andava. Sapeva di dover-glielo dire, ma non aveva trovato il coraggio. Gli era bastato scendere alla Vela per rimettere tutto in discussione. Si guardò intorno: il vecchio circolo velico versava in evidente stato di abbandono, il capanno sulle palafitte aveva visto tempi migliori, il tetto aveva bisogno di un bel restauro, a tratti s'intravedeva il blu del cielo. Eppure, nonostante fosse cadente, nonostante la spiaggia fosse piena di alghe, La Vela custodiva sempre il suo fascino antico, quel fascino che aveva conquistato subito Sofia, la madre di Adele. Quando Riccardo l'aveva portata lì, le era bastato uno sguardo per innamorarsi di quella piccola insena-tura del lago di Bracciano, riparata dal bosco ai due lati, dove l'acqua era sempre cristallina e dove, per un gioco di correnti, spirava sempre una lieve brezza.

«Ne faremo un gioiellino, da un lato il ristorante con il bar sulle palafitte, dall'altro la spiaggia con il capanno per le barche» gli aveva detto Sofia.

Tempo cinque anni e La Vela era diventato il circolo più

ricercato del lago. Un angolo di paradiso, lo avevano definito i giornali, dove natura e cucina regnavano incontrastate. E così era stato fin quando Sofia non se l'era portata via un brutto male. Da quel momento per Riccardo era stato difficile lavorare alla Vela, perché tutto in quel luogo parlava di lei, del suo essere così solare, ottimista, positiva. Anche adesso ogni più piccolo dettaglio gli ricordava Sofia. Il suo sguardo si posò su una vecchia sdraia abbandonata sulla spiaggia.

«Riccardo dobbiamo dipingerle, la stagione sta per iniziare...»

Il ricordo della sua voce argentina era vivido, come se Sofia fosse ancora lì, accanto a lui.

«Il colore porta allegria» diceva sempre e non si lasciava mai abbattere dalla fatica. «La vita ci ha dato tanto amore mio, una bella casa, un buon lavoro e una figlia stupenda. Cosa vuoi di più?» E lei non si stancava mai. Dietro il capanno delle barche, in un piccolo appezzamento di terreno, aveva seminato un orto dove coltivava zucchine, pomodori, melanzane e insalata. «Sono per gli ospiti. Le nostre verdure hanno un sapore diverso, hanno il sapore del lago» diceva sorridendo e ad ogni stagione aggiungeva qualche ortaggio nuovo. «Questa è la mia reggia» scherzava.

Riccardo si guardò intorno sconsolato. Erano bastati nove anni per far andare in malora tutto. Fino a quando Adele era stata a casa lo aveva aiutato a mandare avanti il circolo, ma poi, quando lei si era trasferita, Riccardo aveva mollato gli ormeggi lasciando andare la barca alla deriva.

«Ricky, Ricky dobbiamo andare» la voce di Oxana, la nuova moglie, lo richiamò alla realtà.

Si voltò verso di lei. I lunghi capelli biondi erano raccolti in una coda di cavallo alta, gli occhi azzurri erano appena sottolineati dal mascara e le labbra carnose dal lucidalabbra. Oxana aveva vent'anni meno di lui, era poco più grande di Adele, veniva dalla Romania, l'aveva conosciuta un pomeriggio sul lago, lei faceva da babysitter a dei piccoli scalmanati e lui beveva una birra contemplando il lago. Oxana era diversa da Sofia, non la ricordava in niente e forse proprio per questo Riccardo se n'era invaghito. Cosa cercasse lei in lui non se l'era chiesto, ma sapeva che quella ventata di gioventù lo aveva aiutato a metabolizzare la perdita del suo grande amore. Poco gli importava che gli amici lo prendessero in giro dicendo che si era fatto imbambolare dalla bella e giovane straniera. Lui non gli dava credito, sapeva che a modo suo Oxana gli voleva bene e questo gli bastava.

«Dobbiamo andare, l'appuntamento dal notaio è fra mezz'ora» insistette lei, poi avvicinandosi al marito gli puntò il dito indice contro il petto. «Ricky, cosa c'è? Ci hai ripensato? Non ti basta guardarti intorno? È tutto brutto e vecchio, ci vogliono troppi soldi per rimetterlo a posto.»

«Lo so, andiamo, mettiamo questa firma così non ci si pensa più. Quelli della Spa ci faranno uno stabilimento balneare esclusivo per i loro clienti e addio Vela.»

Oxana strinse la mano sul braccio di Riccardo fissandolo preoccupata e lui ebbe la sensazione che cercasse in qualche modo di leggergli dentro.

«*Iubirea mea*, amore mio, non devi farlo per me.»

Riccardo sorrise.

«Lo faccio per noi due. Con questi soldi ce la godremo per un bel po'.» La voce voleva essere allegra, ma suonò leggermente forzata. Riccardo non riusciva a mascherare il senso di vuoto che quella decisione gli provocava.

Giselle Girardoux camminava avanti e indietro nella sala d'attesa, controllando continuamente l'orologio. Per l'occasione aveva indossato un tailleur pantalone bianco e nero molto elegante. L'idea di recuperare l'antico complesso termale sulla collina alle spalle del circolo velico era vincente, ne era certa. Si fidava di Marco e sapeva che, con lui al fianco, il successo sarebbe arrivato a breve, ma l'accesso alla spiaggia era essenziale. Per una Spa extralusso come quella che stavano realizzando lo stabilimento sul lago era un requisito fondamentale. E d'altra parte la cifra che aveva offerto a Forti non si poteva rifiutare. Ma allora perché tardavano ad arrivare?

«Il notaio vuole sapere se conferma la presenza del signor Forti» le chiese la segretaria entrando nella stanza.

Giselle annuì.

«Ma certo, dovrebbero essere qui a minuti.» Proprio in quel momento sentì lo squillo del campanello. «Sono sicura che siano loro» disse alzandosi per andargli incontro.

Riccardo e Oxana erano appena entrati. La giovane donna indossava una mise piuttosto discutibile, pantaloni leopardati con un bolerino bianco a pelle che lasciava molto poco all'immaginazione. *Che pessimo gusto*, pensò Giselle facendole una radiografia. *Ma l'importante è che firmino, subito*. E gli andò incontro sfoderando un sorriso mellifluo.

«Signori Forti, tutto bene? Il notaio ci aspetta.»

Riccardo Forti non aveva un bell'aspetto, il volto era piuttosto pallido, nonostante la stagione, notò Giselle.

«Allora non facciamolo aspettare» rispose lui sorridendo a sua volta, poi strinse la mano di Oxana come a cercare una rassicurazione.

«Vedrà che ha fatto la scelta giusta, Signor Forti. Alla sua età non si può mandare avanti un circolo velico, quando avrà firmato si sentirà meglio. Talvolta bisogna avere il coraggio di dare un taglio al passato per proiettarsi nel futuro.»

«Ha ragione, Giselle, è quello che gli dico sempre io» commentò Oxana, seguendo Riccardo nel corridoio che portava alla stanza del notaio.

«Non c'è bisogno di insistere, se non avessi voluto vendere non sarei qui.» Riccardo Forti guardò Giselle deciso. «Del resto lei non mi ha lasciato scelta. Con la cifra che mi ha offerto, perdere l'occasione sarebbe da pazzi.»

Il notaio Zigardi indossava un completo fumo di Londra, gli occhialini tondi con la montatura argentata incorniciavano un freddo sguardo ceruleo sovrastato da grosse sopracciglia folte. Li aspettava tamburellando con le dita sull'antica scrivania di mogano, senza nascondere la sua impazienza. La simpatia non era una dote richiesta nella sua professione.

«Buongiorno Signor Forti, dia il suo documento alla segretaria così lo inserisce nell'atto, almeno non perdiamo altro tempo.»

Riccardo tirò fuori il portafoglio e allungò la carta di identità alla ragazza che aspettava in piedi vicino al tavolo.

Il notaio cominciò la lettura tecnica dell'atto. La sua voce monotona riempiva la stanza, ma Riccardo non era lì, era sulla spiaggia della Vela con una bellissima donna, Sofia. Guardavano abbracciati il vento giocare con l'acqua sul calar della sera.

Perdonami amor mio, ma da quando te ne sei andata quel posto non era più lo stesso. Una lacrima scese lenta sul suo volto. Sentiva il cuore stringersi in una morsa, l'aria mancargli.

«... mentre le spese e le multe cui desse luogo la registrazione della presente scrittura sono a carico di quella parte che a ciò avesse costretto l'altra con la propria inadempienza.» Il notaio concluse la lettura e alzò lo sguardo verso di loro porgendogli l'atto. «Ecco, firmate qui.»

Giselle Girardoux prese la penna e firmò passando poi il contratto a Riccardo. Lui, senza rileggere, appose la sua firma, poi si portò la mano al collo come se gli mancasse l'aria e si voltò verso la moglie.

«Oxana, portami a casa, non mi sento bene» la penna gli scivolò dalle dita mentre lui crollava a terra. Le sue ultime parole furono: «Ti prego, chiama Adele...».

CAPITOLO

DUE

Alle 17:45 ora locale la *Lucky Blue* tagliò per prima il traguardo tra le grida d'entusiasmo dell'equipaggio e gli applausi della folla radunata in attesa sul molo. L'obiettivo era stato centrato: avevano vinto. Armando, raggiante, sollevò in aria il braccio di Marco come se fosse un pugile vittorioso sul ring.

«Ce l'abbiamo fatta, amico mio!» esclamò trionfante.

Marco gli sorrise sornione: «Perché, avevi qualche dubbio?».

L'altro gli diede un'amichevole pacca sulla spalla e dichiarò convinto: «Con te al timone no».

Marco si girò verso gli altri componenti dell'equipaggio. «È merito di tutti» affermò sollevando la mano con l'indice e il medio a indicare la vittoria. «Io sono per il lavoro di squadra, lo sai.»

Gli altri risposero con lo stesso gesto, mentre dalla banchina i fotografi scattavano incessantemente.

«Una foto tutti insieme!» venne chiesto da più parti.

L'equipaggio si schierò ai lati di Marco e Armando, ognuno

cingendo le spalle del vicino in una posa che rivelava un'allegra goliardia e un autentico cameratismo.

Telecamere e macchine fotografiche spuntavano da ogni parte per riprendere l'evento.

«Scendiamo e andiamo a goderci la meritata vittoria, naturalmente offro io» dichiarò Armando sorridendo.

«Vorrei vedere!» lo sfotté Marco. «Dopo la fatica a cui ci hai sottoposto è il minimo che tu possa fare, negriero!»

Tutti risero, mentre Armando alzava le mani in segno di resa.

«Okay, okay, vi porto nel locale più caro di Las Palmas, d'accordo?»

Marco lo prese sottobraccio. «Adesso ragioniamo!» replicò ridendo e dirigendosi verso la passerella che era appena stata calata. Si avviarono e gli altri li seguirono, salutando la folla che li acclamava e battendosi il cinque a vicenda.

Marco aveva appena messo piede sul molo quando una ragazza dai lunghi capelli biondi, occhi azzurri e gambe chilometriche, con indosso un top strizzato che metteva in risalto il seno e una gonna inesistente, gli si parò davanti.

«Posso fare una foto con il timoniere più affascinante della regata?» chiese, fissandolo con un sorriso sfrontato e percorrendolo poi con uno sguardo provocante, cominciando dagli occhi dalle sfumature blu come l'oceano, per soffermarsi sui pettorali scolpiti e infine attardarsi sulle lunghe gambe abbronzate, snelle e muscolose al tempo stesso.

«Soddisfatta?» chiese lui restituendole lo stesso sguardo e accarezzandola con gli occhi.

Lei sorrise. «Sì. E tu?» chiese maliziosa.

Marco le cinse le spalle con un gesto sicuro. «Anch'io» rispose, recitando disinvolto un copione che ormai conosceva a memoria. «Allora, chi ci fa una foto?» chiese rivolto ai suoi compagni d'equipaggio. Poi accostò la bocca all'orecchio di lei e le sussurrò: «E tu cosa mi dai in cambio?».

Lei sorrise sicura di sé: «Vieni con me e lo scoprirai…».

Marco si voltò verso Armando, che aveva scattato la foto mentre gli altri si davano di gomito e ammiccavano vistosamente.

«Ragazzi, voi mi perdonate vero?» chiese con aria fintamente contrita.

L'amico alzò gli occhi al cielo. «Come se fosse una novità!» commentò ironico. «Divertiti» aggiunse, «cercheremo di non sentire la tua mancanza.» Poi si rivolse agli altri: «Andiamo gente, lasciamo il nostro latin lover ai suoi impegni».

Marco sorrise divertito e si avviò con la bionda. Pochi istanti dopo, il suo cellulare, che evidentemente era tornato in funzione, prese a emettere il beep che segnalava l'arrivo di un messaggio. Marco lo prese dalla tasca e lesse sul display il nome del mittente: Giselle. Aprì il messaggio augurandosi che fossero buone notizie. La sua socia era una donna in gamba e fino a quel momento se l'era cavata egregiamente, lui aveva un fiuto infallibile nella scelta dei partner in affari. Un attimo dopo lesse: "Compromesso firmato ma c'è un problema: Forti ha avuto un infarto".

Marco aggrottò la fronte. Un imprevisto che non aveva calcolato, ma aveva imparato che negli affari le variabili possono essere infinite ed era diventato bravo a elaborare "piani B". Avrebbe fatto lo stesso anche questa volta, se fosse stato necessario. La ragazza notò il suo cambiamento.

«Problemi?» gli chiese, sfiorandogli provocante il braccio con le dita smaltate di rosso. Lui le prese la mano, se la portò alle labbra e le accarezzò il palmo con la bocca, mentre lei veniva percorsa da un brivido.

«Nulla che non si possa risolvere» rispose con la voce roca e sensuale che, lo sapeva, faceva impazzire le donne.

Lei avvicinò il viso al suo.

«Andiamo a festeggiare allora?» gli soffiò sulla bocca.

Marco le prese la nuca e affondò lo sguardo in quello della ragazza, pensando che il gioco della seduzione gli piaceva quasi quanto la vela.

«Ci puoi scommettere» mormorò, poi la attirò a sé e la baciò.

IL LORO APPARTAMENTO non aveva neanche un balconcino, così, quando la cappa del caldo estivo cominciava a calare sulla città, Adele e Simone scendevano a rifugiarsi nel Parco Sempione, che la notte si accendeva con musica live, dj set e, soprattutto, cocktail strepitosi accompagnati da street food. Sdraiati sul prato, proprio sotto il palco dove suonava un gruppo funky, con uno Spritz e dei falafel, si erano goduti la serata. La musica era assordante, ma dopo una giornata stressante di lavoro era un buon modo per rilassarsi.

«Tesoro, chiama Doriana per dirle dove siamo, avevano detto che ci raggiungevano» le disse Simone a un certo punto.

Adele cercò il cellulare nella borsa e solo allora si rese conto che c'erano un'infinità di chiamate dal numero di suo padre. Il sorriso le si spense.

«Che succede?» le chiese lui vedendola preoccupata.

«Non lo so, papà mi ha cercato tante volte» rispose Adele, digitando tesa i numeri del cellulare di Riccardo. «Ma il telefono è staccato.»

«Prova con la rumena.»

«Si chiama Oxana ed è la moglie di mio padre» lo riprese irritata, componendo il numero e non ottenendo risposta. Fu assalita dall'ansia. «È successo qualcosa, devo andare.»

«Ragiona, è mezzanotte, non puoi metterti in viaggio adesso» le fece notare Simone.

Adele lo ignorò. Si alzò e si avviò verso l'uscita del parco. In mente una sola cosa: andare a casa, prendere le chiavi della macchina e partire. Subito.

«Non posso restare. Se papà si è sentito male, devo andare da lui.»

Simone la seguiva cercando di fermarla. «Aspetta almeno domani mattina, ti accompagno al primo treno, in tre ore sei a Roma» insisté.

Adele si fermò e si voltò verso di lui.

«E se fosse troppo tardi? Ieri, al telefono, mi è sembrato strano, forse non si sentiva bene. In cinque ore sono a casa.»

Simone non obiettò oltre. Sapeva che quando Adele aveva deciso qualcosa non c'era modo di farle cambiare idea. E poi quell'ultima frase l'aveva ferito. Dopo tre anni di convivenza, lei continuava a considerare casa sua quella del padre.

Arrivarono in silenzio all'appartamento. Adele mise in una borsa lo stretto indispensabile, prese le chiavi della macchina e andò in cucina per prepararsi un termos di caffè.

«Vedrai che non sarà niente di grave» cercò di tranquillizzarla lui. «Ti sarai fatta una ammazzata per niente.»

Lei gli sorrise.

«È quello che spero. Boss, ti sto chiedendo ufficialmente una settimana di ferie. E non puoi negarmele, ho finito oggi il lavoro per Brambilla» dichiarò. Poi, dopo avergli sfiorato le labbra con un bacio, uscì dall'appartamento digitando nuovamente il numero di Oxana che continuava a suonare a vuoto.

Cinquecentosessantotto chilometri, sei ore e quindici minuti in cui Adele aveva guidato senza sosta per tornare a casa. Aveva albeggiato da più di un'ora quando la macchina si fermò al passaggio a livello che si trovava vicino al vecchio casale dove era cresciuta. Quando tornava, era una gioia scorgerne la sagoma fra gli alberi vicino alla stazione, ma non quella volta. L'ansia di non sapere cosa avrebbe trovato era più forte di tutto.

Passato il treno, la sbarra si sollevò e Adele, ingranata la marcia, superò i binari. Lo sguardo andò subito oltre il cancello: non c'era traccia dell'auto di Riccardo. Parcheggiò e suonò il campanello, ma nessuno venne a rispondere. Non sapeva cosa fare. Si guardò intorno alla ricerca di qualcuno a cui chiedere notizie. Ma era troppo presto. Poi le venne un'idea. Tornò indietro e attraversò il sottopasso che portava alla stazione. Attilio, il capostazione, era un amico fraterno di suo padre: se fosse successo qualcosa lo avrebbe saputo.

Il treno era appena partito e sapeva dove trovarlo. Entrò nel vecchio Bar Stazione e lo vide intento a gustarsi il primo dei suoi caffè mattutini.

«Attilio...»

L'uomo si voltò e le andò subito incontro.

«Adele, immaginavo che Oxana ti avesse avvertita» la strinse in un abbraccio caloroso.

«Non sono riuscita a parlare con nessuno dei due... che è successo? Dove sono?»

Lui la guardò con espressione tesa, poi le prese una mano e la tenne tra le sue.

«Riccardo ha avuto un infarto, lo hanno portato subito all'ospedale.»

Adele impallidì. Le parve che una voragine le si fosse aperta sotto i piedi e si sentì mancare. Vacillò. Attilio la sostenne e la aiutò a sedersi.

«Come sta?» riuscì a sussurrare angosciata.

L'espressione addolorata del capostazione le fece capire che la situazione era grave.

«È in rianimazione, ma dobbiamo essere positivi, Riccardo è una roccia, ce la farà.»

«Oxana è con lui, vero?»

Attilio annuì. Adele deglutì cercando di trattenere le lacrime.

«Devo andare da lui» disse alzandosi.

Attilio la guardò preoccupato. «Vuoi che ti accompagni? Posso chiedere a Franco di sostituirmi.»

Adele scosse il capo.

«Ce la faccio» riuscì solo a mormorare. Poi serrò le labbra e uscì veloce dal bar.

Oxana era seduta vicino a Riccardo, gli teneva una mano tra le sue e aveva gli occhi lucidi. Gli avevano messo una maschera per aiutarlo a respirare, ma i medici erano stati chiari: le condizioni del cuore erano troppo compromesse per intervenire. Adele provò una fitta dolorosa alla vista degli occhi chiusi e del volto livido del padre. Improvvisamente sembrava invecchiato di cento anni.

«Hanno detto che non sta soffrendo» sussurrò Oxana con la voce incrinata, lasciandole il posto vicino a lui. «Ti ha cercata tanto...»

Adele si avvicinò al letto e si chinò per baciarlo sulla fronte.

«Papà, sono qui.»

Riccardo aprì gli occhi e un lampo di gioia gli attraversò le pupille.

«Ce l'hai fatta...» le labbra si piegarono in un sorriso, «significa proprio che sono grave» cercò di scherzare con un filo di voce. Poi chiuse gli occhi stringendo le labbra e contraendo la mascella.

«Papà, che succede?» Adele si voltò angosciata verso Oxana, che prontamente uscì dalla camera per andare a cercare un medico.

«Piccola mia, ti prego perdonami» mormorò Riccardo, stringendole debolmente la mano. Faticava a parlare, la fronte si era imperlata di piccole gocce di sudore, come se stesse affrontando una prova più grande di lui.

«Non ti affaticare, avremo tutto il tempo per parlare» cercò di bloccarlo Adele.

Lui non le diede retta e si protese verso la figlia.

«Avrei dovuto dirtelo, ma non ho trovato il coraggio, perdonami...» ripeté in un bisbiglio. Poi chiuse gli occhi e la testa gli ricadde di lato. I macchinari che registravano i parametri vitali iniziarono a suonare tutti insieme.

«Papà! Papà!» Adele gridava incapace di controllarsi.

«Si sposti» le disse brusco uno dei medici che erano accorsi e cercavano di rianimarlo, gli occhi fissi sul tracciato piatto del cuore.

Attonita Adele li osservava accanirsi sul corpo di suo padre. Inutilmente.

Alla fine sentì la voce incolore del medico dire: «Ora del decesso sette e venticinque».

Marco aveva deciso di prendere il primo volo in partenza per Roma. Giselle poteva aver bisogno del suo aiuto e non era il caso di rimandare il rientro. Sapeva che quell'inconveniente poteva creare dei problemi con lo sponsor e avevano investito già troppi soldi per rischiare di far arenare il progetto.

Magari mi sto preoccupando per niente, ma preferisco tornare e avere tutto sotto controllo.

«Il volo per Roma Fiumicino è in partenza dal gate due, si invitano i passeggeri a presentarsi all'imbarco» disse in quel momento la voce all'altoparlante.

Marco si alzò, prese la carta d'imbarco del posto in business class e la mostrò alla hostess, una bella rossa che sfoderò un sorriso da pubblicità.

«Benvenuto, le auguro buon viaggio con la nostra compagnia» gli disse con un entusiasmo che sicuramente non riservava a tutti e Marco pensò che era un peccato non poter approfondire la sua conoscenza.

IL CASTELLO ODESCALCHI incombeva con la sua mole imponente sulla piccola folla che si era radunata davanti alla chiesa parrocchiale per un ultimo saluto a Riccardo, prima che il feretro venisse trasportato per la tumulazione nel cimitero del paese. Adele aveva attraversato la navata accanto ad Oxana, a pochi passi di distanza dagli addetti delle pompe funebri che sostenevano sulle spalle la bara dove ora non c'era altro che un corpo. L'uomo che era stato Riccardo sarebbe rimasto per sempre vivo solo nei suoi pensieri e nei suoi ricordi. Scese lentamente le scale, rispondendo in automatico alle condoglianze, alle strette di mano, agli abbracci di persone che conosceva da quando era bambina e che avevano sempre fatto parte della loro vita.

Oxana le stava vicino rigida e tesa, perché pochi le rivolgevano parole di conforto e di simpatia. La maggior parte dei presenti pensava che avesse raggirato Riccardo sposandolo per interesse e adesso nessuno avrebbe creduto alla favola della vedova inconsolabile. Pur nel suo dolore e nella nebbia che le ottundeva i sensi, Adele percepì l'atteggiamento ostile che circondava la giovane rumena e la sua chiusura difensiva. Le prese una mano e gliela strinse.

«Io so che gli volevi bene» mormorò.

L'altra fece una smorfia amara: «La gente non la pensa così».

«A me non importa di quello che pensa la gente» ribatté Adele decisa.

Oxana le fece un piccolo sorriso: «Grazie».

Adele ricambiò il sorriso con le labbra tirate, poi tornò a coprirsi gli occhi con le lenti scure perché sentiva che le lacrime cominciavano di nuovo a scenderle lungo le guance, malgrado i suoi tentativi di controllarsi. Aveva dovuto fare a meno anche della presenza di Simone, costretto a rimanere a Milano da un improrogabile impegno di lavoro. Come avrebbe desiderato averlo accanto in quel momento, appoggiare la testa sulla sua spalle e piangere tutte le sue lacrime! Invece prese alcuni respiri lenti e profondi, poi si rivolse di nuovo ad Oxana: «Coraggio, andiamo».

Stava per raggiungere la station wagon dell'agenzia mortuaria dove il feretro era stato appena caricato quando si sentì chiamare: «Signora Forti...».

Adele si volse verso la proprietaria di quella voce dall'accento lievemente straniero e si trovò di fronte una bella donna dai capelli mesciati, elegantissima in un completo pantalone scuro. La donna le tese la mano.

«Mi permetta di farle le mie condoglianze. Sono Giselle Girardoux, suo padre le avrà certamente accennato alla nostra transazione. Volevo dirle che sono pronta a eliminare la clausola dei sei mesi perché immagino che, dopo quanto è successo, lei abbia fretta di vendere e di tornare a Milano. L'attendo nel mio ufficio non appena si sentirà meglio» concluse e, prima che Adele, sbalordita, potesse chiedere spiegazioni, le rivolse un cenno di saluto e si allontanò, camminando senza incertezze sui sampietrini sconnessi, malgrado i tacchi altissimi.

Adele rimase a fissarla imbambolata. Fu riscossa dalla voce di uno degli uomini delle pompe funebri: «Possiamo andare, signora?».

Annuì meccanicamente e salì con Oxana sulla station wagon.

«Quella donna» le chiese una volta sole, «di che parlava?»

La moglie di suo padre ebbe un attimo di esitazione prima di rispondere: «Del circolo».

Adele la fissò incredula: «Del circolo? Mi stai dicendo che papà voleva vendere La Vela a quell'estranea?».

Oxana abbassò gli occhi.

«Ha firmato il compromesso il giorno che si è sentito male» mormorò alla fine.

Adele si lasciò andare sul sedile. La testa le girava. Il suo mondo stava andando in pezzi e lei si sentiva del tutto impotente ad arginare la frana che la stava travolgendo.

«Non posso crederci...» mormorò. Poi lanciò ad Oxana uno sguardo accusatore: «Sei stata tu a convincerlo!».

La donna la fissò risentita. «Lo vedi? Anche tu la pensi come gli altri» replicò aspra. «La straniera dell'est che viene qui a intortare l'anziano italiano. Ma la sai una cosa, Adele? Tuo padre era molto più giovane di me, aveva lo spirito di un ragazzino, amava la vita e aveva voglia di viverla con me.» A quelle parole gli occhi le si riempirono di lacrime. «Per questo aveva deciso di vendere La Vela, perché con quei soldi lui e io avremmo viaggiato, ci saremmo divertiti, saremmo stati felici...» la voce le si spezzò.

Adele la guardò in preda a sentimenti contrastanti. Si sentiva in colpa per averla giudicata con superficialità ma al tempo stesso non riusciva ad accettare che suo padre le avesse fatto una cosa del genere. Lei amava La Vela. Era il suo rifugio, il suo porto sicuro e Riccardo lo sapeva!

«Ma adesso lui se n'è andato e il compromesso non è più valido...» cominciò.

Oxana la interruppe: «Mi dispiace, Adele. Ma io intendo rispettare le ultime volontà di tuo padre. Voglio vendere la mia parte di eredità».

TRE

Erano da poco tornate dal funerale e Adele continuava a rimuginare sulle parole di Oxana: "Io voglio vendere la mia parte di eredità". Questo significava vendere il casale e La Vela. Un colpo di spugna su tutti i ricordi della sua infanzia, della vita con sua madre. Solo ora capiva cosa cercava di dirle Riccardo in punto di morte. Perdono. Le chiedeva perdono per quello che aveva fatto. Adele si chiuse nella sua stanza. Non aveva voglia di parlare con Oxana, aveva bisogno di riflettere. In quel momento avvertiva solo un gran vuoto e la paura di perdere tutto. Ancora non riusciva a capacitarsi della decisione di suo padre. Aveva bisogno di sentire qualcuno che potesse capirla. Prese il cellulare e chiamò Simone, che rispose al primo squillo.

«Come stai, piccola?» la sua voce le diede la sensazione di essere meno sola.

«Papà stava vendendo La Vela!»

«Che vuoi dire?»

«Si è sentito male dopo aver firmato il compromesso per la vendita del circolo velico.»

Simone non commentò.

«Non mi aveva detto niente, capisci?»

«Forse perché sapeva che l'avresti presa così» ribatté lui. «Per te è una questione di cuore, ma Riccardo era un uomo pratico, il circolo ormai era andato in rovina e lui da solo non poteva mandarlo avanti. Ha fatto bene, tu glielo avresti impedito facendolo sentire in colpa.»

Simone era stato duro e questo lei non poteva sopportarlo.

«Come fai a non capire? Io sono cresciuta alla Vela!»

«Ed è ora che tagli il cordone ombelicale, Adele. Ormai la tua vita è qui, a Milano.» Simone aveva ragione, ma la sola idea le faceva troppo male. «Tesoro, lo so che è difficile, ora è doloroso, ma forse è meglio così. Pensa che si è chiusa una parte della tua vita.»

Adele si asciugò una lacrima col dorso della mano.

«Sarà come dici tu, ma è stato tutto così improvviso, così inaspettato.»

«Quando torni?» le chiese.

«Presto. Ormai non ci sono motivi per restare qui.» Poi lo salutò e chiuse la comunicazione.

Si avvicinò alla finestra e spostò con la mano la tendina di pizzo. Le sembrava impossibile pensare di non rivedere più i vecchi binari oltre i quali si profilava il suo lago. Ma forse aveva ragione Simone, doveva cominciare a pensare a distaccarsi, in fondo lo aveva già fatto trasferendosi a Milano. Ormai la sua vita era su al nord, che senso aveva tenere il casale e il vecchio circolo malandato?

Appena rientrato dalle Canarie, Marco si era recato subito nella splendida villa che Giselle aveva affittato per loro sul lago. La socia lo aveva accompagnato al resort e gli aveva illustrato lo stato dei lavori. Tutto procedeva perfettamente e

Giselle era convinta che la figlia del Forti non si sarebbe opposta alla vendita.

«Vive a Milano, sarà felice di disfarsene» gli aveva detto, sottolineando che c'era solo da aspettare l'apertura del testamento, sempre che ce ne fosse uno. Giselle sembrava tranquilla e, di solito, lui tendeva a fidarsi dei suoi soci eppure il fatto che la Forti non la avesse nemmeno contattata non lo convinceva.

L'alba era spuntata da poco. Il sole, sorgendo, tingeva il lago di sfumatura arancioni. Marco guardò il lago. L'acqua era immobile, sembrava olio. Gli venne voglia di fare una nuotata, perciò si incamminò verso la piccola spiaggia privata. Giunto sulla riva, si tolse la maglietta e le scarpe e, rimasto in bermuda, entrò nell' acqua. Era fredda e trasparente. Poco distante notò una piccola nuvola di raggi d'argento dirigersi rapida verso i suoi piedi. Sorrise fra sé. Lattarini. Se ce ne erano tanti poteva significare solo una cosa: l'acqua era pulita. Senza un attimo di ripensamento, si tuffò e iniziò a nuotare con poderose bracciate verso il largo. Un bagno di prima mattina era rivitalizzante. Si fermò, scrollò i capelli e con lo sguardo ripercorse il perimetro del lago. Nonostante la sua origine vulcanica, che avrebbe potuto renderlo cupo, aveva qualcosa di incantevole, di rilassante. *Faranno la fila per venire al resort*, pensò lasciandosi cullare dall'acqua. Poi si voltò e tornò a riva nuotando rilassato. Trovò ad accoglierlo Giselle, spettinata e molto sexy nel suo baby-doll di raso.

«Buongiorno *mon ami*» lo salutò stringendo fra le mani un mug con del caffè bollente. «Sempre così mattiniero?»

Marco le sorrise.

«Spero di non averti svegliato.»

«*Pas du tout!* L'architetto mi aspetta al cantiere. Tu che pensi di fare?»

«Credo che mi rilasserò sulla spiaggia.»

«Sei sicuro che non vuoi venire con me? Pensavo di fare un salto a casa di Forti per parlare con la moglie.»

Marco studiò la sua espressione.

«Stai chiedendo il mio aiuto?»

Lei scosse la testa.

«*Bien sûr que non*! So cavarmela da sola.»

Lui rise.

«Su questo non ho dubbi.»

«Però ho una cosa per te» aggiunse Giselle con aria maliziosa, «vieni con me» e lo prese per mano. Marco la seguì. «Ti avevo detto che non serviva anticipare il rientro, ma visto che sei qui ti mostro un gioiellino, almeno così non mi odierai per averti fatto lasciare Las Palmas.»

Era riuscita ad incuriosirlo. Camminando si erano avvicinati alla vecchia rimessa. Giselle spinse la saracinesca e la aprì.

«Guarda cosa nasconde qui dentro...»

La luce illuminò lo scafo sinuoso di una deriva in mogano che conquistò immediatamente tutta l'attenzione di Marco.

«Non è possibile» mormorò incredulo «un *Flying Dutchman* originale!» Passò la mano sullo scafo in una lenta carezza. «Guarda che splendore... Dev'essere stato costruito nel cantiere olandese Schoonevelt, è identico allo Strolaga II, quello con cui Isenburg e Bianchi vinsero i campionati nel 68!»

Giselle sorrise. Lo conosceva bene e sapeva della sua passione per le imbarcazioni storiche.

«Ero certa che ti avrebbe conquistato. Quando l'ho vista ho detto al proprietario che eri un estimatore.»

«Gli hai chiesto se potevo metterla in acqua?» chiese Marco impaziente, come un bambino a cui fosse stato offerto il biglietto per il paese dei balocchi.

«*Mais oui*, con le dovute cautele, ovviamente.»

Marco si voltò verso Giselle e l'abbracciò entusiasta.

«Sei la migliore socia che potessi trovare!»

Lei gli accarezzò le labbra con le dita curatissime.

«Anche tu» mormorò invitante.

Ma in quel momento lui non aveva occhi che per la splendida silhouette del *Flying Dutchman*. Giselle fece una piccola smorfia. «Non avrei mai pensato di poter essere gelosa di una barca» commentò.

Marco le sorrise divertito: «Questa non è una barca, *ma chérie*, è una regina! Su, andiamo a cercare le vele, non vedo l'ora di metterla in acqua».

Lei emise un sospiro rassegnato: «D'accordo, mi arrendo». Sapeva che Marco preferiva tenere separati lavoro e sesso ma era consapevole che lui non era insensibile al suo fascino e, prima o poi, era certa che avrebbe capitolato. Doveva solo avere pazienza.

ADELE AVEVA TRASCORSO una notte insonne. Nei pochi momenti in cui aveva chiuso gli occhi, esausta, era piombata in un dormiveglia popolato di incubi. Il casale le si sgretolava intorno malgrado lei cercasse di arrestare il crollo e di salvare suo padre, che invece rimaneva sepolto sotto le rovine. Si tirò a sedere di colpo nel letto della sua adolescenza, gli occhi sbarrati e il sudore che le bagnava le tempie. Oltre le persiane spalancate il sole si era da poco levato sul lago e la sua luce dorata si rifletteva sull'acqua, creando dei giochi di luce iridescenti. Adele non riuscì a distogliere lo sguardo, come sempre affascinata da quella bellezza e da quel panorama che si ricomponeva nella sua memoria e nel suo cuore ogni volta che lo associava alla parola casa. Recidere le sue radici avrebbe significato tagliar via una parte di sé. La decisione che doveva prendere poteva per sempre cambiare il corso della sua vita.

Si alzò in preda a un desiderio improvviso. Qualcosa che le era scattato dentro sin da bambina, dal momento in cui suo padre le aveva messo tra le mani il timone della sua prima deriva. Si vestì velocemente e pochi minuti dopo lasciava la casa silenziosa, recuperava in garage la sua vecchia bicicletta, che Riccardo teneva sempre pronta per lei, e si dirigeva in direzione del lago. La strada era deserta, eccetto per qualche altro ciclista mattiniero. Adele percorse i pochi chilometri che la separavano dal circolo pedalando di buona lena e respirando a pieni polmoni l'aria fresca che profumava di tigli e di pini. Le mancavano tanto le passeggiate in bicicletta lungo il lago e quel profumo inconfondibile che c'era soltanto lì. Cercò di vuotare la mente da ogni pensiero triste e immaginò che Riccardo sarebbe stato felice di vederla pedalare così, col vento nei capelli e il volto arrossato dallo sforzo. Quante volte avevano fatto insieme quella strada! Lo immaginò accanto a lei, col suo sorriso di uomo innamorato della vita, e provò una stretta dolorosa tra lo stomaco e il cuore. Suo padre non c'era più, era una realtà con cui doveva fare i conti.

L'insegna sbiadita che riproduceva una vela spiegata al vento le indicò che era arrivata. Il cancello di accesso di quello che era stato uno dei circoli velici più conosciuti del lago era arrugginito e solo accostato. Adele scese dalla bicicletta, aprì il cancello e la spinse a piedi all'interno. La desolazione che regnava intorno a lei le fece venir voglia di scappare. La vegetazione era cresciuta sempre più incolta, tanto che in alcuni punti i rovi rendevano difficile il passaggio. Il rimessaggio delle barche era scrostato e invaso dalle erbacce e la piccola palafitta che fungeva da ristorante sembrava sul punto di crollare da un momento all'altro. Di nuovo sentì le lacrime pungerle gli occhi. *Perché continuare a farsi del male?* si chiese. Forse aveva ragione Simone: il cordone ombelicale andava tagliato. Eppure a quel pensiero qualcosa dentro di lei si ribellava.

Adele appoggiò la bicicletta al muro del rimessaggio ed entrò nel capannone dove sapeva che avrebbe trovato quello che cercava. La sua deriva era in un angolo, su un carrello, coperta da un telo cerato. Adele si avvicinò e lo tolse. La piccola imbarcazione, come la bicicletta, era in perfetto stato: segno che suo padre pensava a lei, voleva che ritrovasse tutto come lo aveva lasciato quando era partita. Riccardo sperava che tornasse a vivere al lago? Non glielo aveva mai chiesto apertamente, ma Adele aveva avuto l'impressione di leggergli negli occhi quella muta domanda. Ricacciò indietro le lacrime e cominciò a spingere il carrello fuori del rimessaggio.

Una volta sulla spiaggia, davanti alla distesa trasparente del lago accarezzata dai raggi del sole, Adele si concentrò sulla barca e, nella routine che era anche una sorta di rituale, ritrovò un po' di pace. Armò il laser senza fretta. Controllò con pignoleria scotte, drizze, bozzelli, viti e rivetti, verificò la tenuta dell'albero, sistemò il boma. Poi fu la volta della vela, il fiocco dai colori dell'arcobaleno appena sbiaditi dal tempo. Lo issò con la drizza e lo regolò con la scotta, fissandola al winch nel pozzetto. Adesso la barca era pronta a prendere il largo. Adele la spinse via dal carrello e la lasciò scivolare in acqua. Poi salì a bordo, sedette al timone e, manovrandolo insieme alla vela, cominciò a stringere il vento e a imprimere alla piccola imbarcazione la giusta andatura.

Dopo pochi minuti il laser filava verso il centro del lago. Fu allora che Adele si accorse di non essere sola. Un'altra barca a vela procedeva spedita verso di lei dalla direzione opposta alla sua, lo scafo elegante e affusolato che sembrava appena sfiorare l'acqua, al timone un uomo alto e slanciato con gli occhiali a specchio e un berretto con la visiera che tratteneva i riccioli scuri. Adele rimase per alcuni istanti incantata ad ammirare quell'insieme armonico: uno splendido esemplare originale di *Flying Dutchman* e, si sorprese a pensare, uno splendido esemplare maschile. Poi si rese improvvisamente conto che le due barche erano in rotta di collisione. Ma che faceva quell'incosciente? Agitò freneticamente una mano per segnalare il pericolo e, prima che potesse cambiare rotta, lui eseguì una virata spettacolare, evitandola per un pelo. Poi le sfrecciò accanto, facendole un segno di saluto con la mano. Adele, con le mani che ancora le tremavano, riuscì solto a intravedere il lampo di un sorriso bianchissimo. Poi il *Flying* si allontanò fendendo l'acqua e lasciandosi dietro una scia argentea.

ERANO PASSATE alcune ore quando Adele decise di tornare. Dopo l'intermezzo con lo sconosciuto al timone del *Flying Dutchman,* superato lo spavento, aveva continuato a veleggiare, sfruttando la brezza che si era alzata sul lago e gonfiava il fiocco della deriva, facendola scivolare veloce sull'acqua. Le era parso di avere suo padre vicino per tutto il tempo, una presenza invisibile ma non per questo meno reale. Le sembrava di udire la sua voce, mescolata al fruscio del vento, che le raccontava la leggenda del re, del principe e della principessa del lago. Sospirò, il cuore e la mente pieni di nostalgia. Riccardo le aveva trasmesso la passione per la vela e per la sua magia e sin da adolescente, quando sentiva il bisogno di stare sola, di riflettere, di ritrovarsi, Adele armava il laser e prendeva il largo.

La magia aveva funzionato anche questa volta ma, più si avvicinava il momento del ritorno a casa e del suo incontro con Oxana, più la cappa dolorosa che si era per un momento sollevata tornava a gravarle addosso.

La moglie di suo padre l'aspettava impaziente.

«Ma dove eri finita? Non rispondevi al cellulare!» l'apostrofò non appena Adele entrò in casa.

«L'ho lasciato qui. Ero in barca, avevo bisogno di stare un po' da sola.»

Oxana strinse le labbra.

«Tale e quale a tuo padre» si lasciò sfuggire.

Adele la fissò risentita: «E questo ti dà fastidio?».

Oxana stava per replicare, poi sembrò ripensarci.

«Scusami» disse conciliante. «È che sono nervosa perché prima è venuta Giselle Girardoux a chiedermi quando avevamo deciso di firmare l'atto di vendita.»

«E tu che le hai detto?» ribatté Adele aggressiva.

«Che non c'eri e che non ne avevamo ancora parlato, ma che le avrei fatto sapere presto.»

Adele prese un profondo respiro prima di rispondere.

«Io non ho ancora deciso» disse infine, scandendo bene le parole.

Oxana la fissò ostile.

«Ti comporti in modo assurdo, lo sai?» sbottò alla fine. «Tuo padre aveva preso la sua decisione, perché non vuoi rispettarla?»

«Perché papà adesso non c'è più!» scattò Adele. «E io sto male e ho bisogno di tempo per sapere cosa voglio fare.» Le diede le spalle e si avvicinò alla finestra, poggiando la fronte sul vetro e cercando di recuperare la calma.

Ma Oxana non gliene diede il tempo

«Cosa pensi di risolvere così?» l'apostrofò con durezza. «Quella è gente con i soldi, ti faranno causa e te lo toglieranno lo stesso, il tuo circolo.»

Adele si voltò per fronteggiarla.

«Questo lo vedremo» replicò nello stesso tono. «Parlerò con un avvocato e poi deciderò.»

GIORGIO PROIETTI ERA SEMPRE STATO INNAMORATO di Adele fin dai tempi delle elementari e, quando lei gli aveva chiesto di incontrarlo al bar del Castello, aveva subito accettato. Anche lui aveva lasciato Bracciano, ma per una meta molto più vicina: Manziana, dove faceva pratica presso lo studio di uno zio avvocato.

«Mi dispiace per tuo padre, l'ho saputo troppo tardi e non ce l'ho fatta a venire al funerale» disse abbracciandola.

«Non volevo disturbarti, ma ho bisogno di un consiglio» rispose Adele ricambiando l'abbraccio.

«Tu non mi disturbi mai. Che posso fare per te?»

Si sedettero e Adele andò subito al punto.

«Poco prima di sentirsi male, papà aveva firmato un compromesso per vendere La Vela. Ma non ha mai incassato l'assegno. Sono obbligata a tener fede all'impegno?»

Giorgio rifletté per qualche istante.

«Se non vuoi procedere con la vendita, dovrai restituire il doppio della caparra più le spese del notaio, in caso l'atto sia stato registrato. Ma perché non vuoi vendere?» le chiese perplesso. «Che ci fai col circolo? Tuo padre l'aveva completamente abbandonato e col tempo finirà per degradarsi, se nessuno se ne occupa.»

Adele abbassò lo sguardo. Le stesse parole di Simone. Avevano ragione, ne era consapevole. E allora perché una parte di lei continuava a sperare che ci fosse una possibile alternativa alla vendita?

«Ma non possono obbligarmi, vero?»

«No, però possono renderti la vita difficile. Ma i tempi si allungano, conosci la giustizia italiana.»

Adele gli sorrise.

«Grazie, ci penserò. Per il momento non me la sento di prendere nessuna decisione, anche se Oxana insiste per sbarazzarsi di tutto.»

Giorgio fece una smorfia significativa.

«A suo modo voleva bene a mio padre» dichiarò Adele convinta.

Lui scosse la testa.

«Credo che tu sia l'unica a difenderla.»

«Perché la gente non vuole guardare oltre il proprio naso. È stata una buona moglie in questi tre anni e lo ha fatto felice. Chi siamo noi per giudicare?»

Giorgio non commentò, anche se era chiaro che la pensava diversamente.

«Allora, che farai?» le chiese poi.

«Torno a Milano. Voglio parlarne con Simone, il mio compagno. È una decisione importante e dobbiamo prenderla insieme.»

QUATTRO

Oxana non l'aveva presa bene. Adele in parte la capiva. Non era mai stata accettata dalla gente del posto e probabilmente, ora che Riccardo non c'era più, il suo unico desiderio era vendere e andare via. Ma per lei era diverso. Non se l'era sentita di prendere una decisione a caldo. Anche se vendere La Vela apparentemente sembrava la soluzione più sensata e più realistica. Oltretutto si trattava di parecchi soldi, che le avrebbero garantito una tranquillità economica che ancora non aveva. Ma tutti questi ragionamenti razionali si scontravano con la sua parte istintiva, quella che le diceva che sarebbe stato uno sbaglio e che se ne sarebbe pentita. Adele sperava che parlarne con Simone l'avrebbe aiutata a chiarirsi le idee e a fare la scelta giusta. Anche se sapeva già che cosa le avrebbe consigliato. Ma forse, una volta a Milano, tornata a quella che adesso era la sua vita, alla sua casa e al suo lavoro, tutto le sarebbe apparso sotto un'altra luce e magari avrebbe considerato il suo attaccamento al vecchio circolo solo come una romanticheria legata ai suoi sogni di bambina e di adolescente.

La nebbia che gravava sulla Padana le disse, più dei cartelli segnaletici, che si stava avvicinando alla sua meta. Anche se ormai aveva imparato a guidare con una visibilità ridotta, non riusciva a rassegnarsi all'assenza di sole e a quel grigiore opaco che incombeva in ogni stagione dell'anno. Aveva pensato che si sarebbe abituata, ma adesso si rendeva conto che c'erano cose che le sarebbero sempre mancate e di cui avrebbe sempre provato una struggente nostalgia.

Entrata a Milano, si incanalò nel traffico verso il centro. Erano le sette, quasi ora di cena, perciò decise di fermarsi dal giapponese vicino casa per prendere del sushi. Simone ne andava matto ed era un buon modo per iniziare la serata. Non lo aveva avvisato del suo rientro, desiderava fargli una sorpresa e preferiva parlargli direttamente, senza la mediazione di un telefono. Mentre era ferma a un semaforo digitò un sms.

"Sto arrivando. Prepara vino ghiacciato, mi fermo a Brera dal nostro sushi, a tra poco. Ti bacio."

Il bacio si prolungava.

Simone sentì il suono del cellulare che lo avvisava dell'arrivo di un messaggio e fece per alzarsi dal letto, ma Marika gli cinse il collo e lo attirò a sé.

«Dove vai?» gli soffiò all'orecchio. «Non abbiamo ancora finito...»

«Fammi solo vedere chi è» rispose lui cerando di nuovo di sollevarsi.

Ma lei glielo impedì.

«Sei troppo ligio al dovere. Sono le sette passate. È venerdì. Chiunque sia può aspettare lunedì. Vieni qui...» posò le labbra carnose su quelle di lui, schiudendole in un bacio pieno di promesse.

Simone le accarezzò la pelle sudata e cominciò a baciarla sul collo. Marika gli era piaciuta dal primo momento in cui l'aveva vista. Era giovane, carina e spregiudicata. Per questo aveva accettato di prenderla in agenzia per fare uno stage. Sapeva che lei era una tentazione troppo forte e che, prima o poi, sarebbe caduto nella sua rete. Il viaggio inaspettato di Adele aveva solo accelerato i tempi. Marika aveva sfoderato tutto il suo fascino per conquistarlo e lui si era lasciato sedurre da quella lolita sbarazzina, sottolineando però che il suo cuore era blindato. Lei aveva riso e facendogli l'occhiolino aveva replicato: «Questo sarà il nostro piccolo grande segreto. Adele non saprà nulla, del resto non facciamo niente di male, siamo solo amici, no?».

E così quella settimana si erano divertiti. Tanto. Per lui Marika era solo un'evasione, una dolce, piccante evasione.

Quando sentì la porta di casa aprirsi Simone si immobilizzò, incapace persino di respirare.

«Simo, sono a casa!» la voce di Adele gli arrivò forte e chiara.

Simone scattò giù dal letto cercando i vestiti.

«Simo, ma dove sei?» continuò a chiamarlo, mentre lui sussurrava a Marika di rivestirsi.

Troppo tardi.

Adele era comparsa sulla soglia della stanza e lo fissava incredula, come se non riuscisse a convincersi di ciò che i suoi occhi registravano.

Poi dalla gola le uscì un sussurro strozzato: «Simone... no».

Lui la raggiunse e fece per prenderle le mani.

«Tesoro, posso spiegarti tutto, ti giuro non è come pensi...» ma lei lo respinse con rabbia, poi gli diede le spalle e fuggì dalla stanza.

Simone le corse dietro.

«Adele, aspetta!» gridò mentre la raggiungeva in salotto.

Lei si voltò. Era fuori di sé.

«Come hai potuto farlo? È questo il motivo per cui non sei potuto partire, vero?»

Era disgustata, Simone glielo leggeva chiaramente in faccia.

«Per questo non sei potuto venire al funerale di mio padre!»

Simone abbassò gli occhi, incapace di sostenere il suo sguardo.

«Amore, te lo giuro, non c'è niente d'importante fra noi...» cominciò, sentendosi un vigliacco ma sperando che lei gli credesse.

Lo sguardo di Adele lo incenerì.

«Non mi interessa. Mi fai orrore, non so come ho potuto non capire che razza di persona fossi.»

«Perdonami... ti prego, perdonami...» Simone si accorse che stava balbettando.

«Non mi fiderò mai più di te, lo capisci?» Lacrime di rabbia, di umiliazione, di amarezza cominciarono a rigarle il volto e Adele, con un gesto di stizza, se le asciugò.

«Ma non preoccuparti, me ne vado. Me ne vado subito.»

Simone fu preso dal panico. Solo adesso si rendeva conto delle conseguenze di quella che aveva considerato con leggerezza una piccola e innocente avventura.

«Ho sbagliato, amore, lo sai che non posso vivere senza di te. Cosa vuoi che faccia per farmi perdonare?»

«Niente. Voglio solo che tu sparisca per sempre.»

Marika si era rivestita e li aveva raggiunti, anche se si teneva a distanza.

«Mi dispiace Adele» le disse, «ma devi credergli, lui me lo ha detto subito che amava solo te.»

Simone annuì ma Adele lo ignorò.

«Vattene» intimò alla ragazza. «Questa è una cosa che non ti riguarda.»

Marika non se lo fece ripetere due volte. Prese le sue cose e si affrettò ad uscire.

Adele passò davanti a Simone, continuando a ignorarlo, e corse in camera, dove cominciò a tirar fuori tutti i suoi vestiti dall'armadio ammucchiandoli sul letto.

Simone cercò di bloccarla, di stringerla a sé, ma lei lo strattonò e si liberò.

«Lasciami, non toccarmi.» Lo fissò rabbiosa, ferita: «Te la spassavi con una ragazzina mentre io avevo appena perso mio padre. Mi disgusti».

Simone non cercò più di abbracciarla, ma le parlò a voce bassa, gli occhi a terra.

«Perdonami, hai ragione. Sono stato stupido e superficiale. Ma tu non puoi buttare a mare tre anni vissuti insieme per una cosa che non conta niente...»

«Forse per te» lo interruppe lei gelida. «Per me conta moltissimo.»

«Ti prego, Adele, non puoi distruggere tutto. Lascia sbollire la rabbia e vedrai che...»

Di nuovo lei lo interruppe: «Non sono io, Simone. Sei stato tu. Hai distrutto il nostro amore, il mio lavoro, la mia vita qui. Senza fiducia non può esserci più niente».

«Che stai dicendo?» Simone era attonito. Non solo stava perdendo la donna che amava, ma anche la sua collaboratrice più preziosa. «Non vorrai lasciare il lavoro per questo?»

Adele annuì.

«Non potrei venire in ufficio e guardarti in faccia.»

«Ti rendi conto che stai buttando alle ortiche la tua carriera?» Sapeva che era una minaccia inutile, ma aveva bisogno di lei e doveva trattenerla. In qualsiasi modo.

«Non vedo come questo possa influenzare la mia carriera, però sono disposta a correre il rischio.»

«Ma i miei clienti hanno bisogno di te!» esclamò lui.

Adele lo fissò decisa, poi replicò con aria di sfida: «Sinceramente me ne infischio».

L'ANTICO STABILIMENTO termale sorgeva a poca distanza da ciò che restava del piccolo borgo settecentesco, trasformato in azienda agricola dedita alla produzione biologica e alla vendita al dettaglio. Marco, alla guida della sua auto sportiva, percorse con cautela la strada sterrata che conduceva al bosco nel quale era immerso il grande edificio che avrebbe di nuovo ospitato l'albergo termale costruito sulle antiche terme, che risalivano probabilmente al VII secolo a.C.

Per poter realizzare il progetto del loro resort di lusso avevano dovuto garantire di non alterare la struttura e il territorio circostante, che conservava tracce degli insediamenti umani a partire dall'età del Bronzo, passando poi per gli etruschi e i romani. Nell'area erano state infatti rinvenute tombe etrusche, statue, monete e utensili etruschi e romani, mentre a poca distanza dal borgo era ancora possibile vedere un tratto dell'Acquedotto di Traiano. Al di là dei vincoli paesaggistici, sarebbe stato un delitto cancellare tutto questo con una colata di cemento, pensò Marco, mentre la vettura sbucava nella radura dove sorgeva il piccolo prefabbricato che fungeva da ufficio e da quartier generale per le operazioni di ristrutturazione. I loro clienti avrebbero avuto tutti i comfort più moderni all'interno dello stabilimento termale, ma avrebbero dovuto adattarsi alla scomodità della strada e rinunciare al campo da golf che avrebbe richiesto l'abbattimento del bosco, protetto dal vincolo del Parco Naturale Regionale. E comunque, al contrario di Giselle, Marco si sarebbe opposto in ogni caso. Pur non dimenticando di essere un imprenditore, amava la natura e inoltre riteneva che mantenere il paesaggio inalterato avrebbe rappresentato un punto a favore del resort. A questo proposito, si disse mentre scendeva dall'auto e si avviava verso il prefabbricato, il terreno su cui sorgeva il circolo velico era assolutamente strategico per tutta l'operazione. Una esclusiva oasi paradisiaca a disposizione solo dei clienti della Spa. Non potevano rinunciarvi. Purtroppo, il fastidioso presentimento che Marco aveva avvertito fin dall'inizio stava prendendo corpo.

«Ancora niente?» chiese entrando, rivolto a Giselle che stava studiando alcune delle planimetrie del progetto.

Lei sollevò lo sguardo e scosse il capo.

«No» fu la laconica risposta.

«Hai provato a contattarla di nuovo?» insisté Marco.

Giselle si alzò e lo raggiunse, poi gli posò la mano curata e abbronzata sul braccio in una lieve stretta che voleva essere rassicurante.

«Lasciamole qualche giorno, Marco. Non essere impaziente.» Piegò il capo e lo osservò con attenzione. «Perché sei così nervoso?»

Lui si sottrasse al tocco della sua mano, ignorò la smorfia di disappunto che si dipinse sul volto levigato di lei e prese a passeggiare su e giù nello spazio angusto del prefabbricato.

«Perché sento che c'è qualcosa che non va e non mi piace.»

Giselle gli lanciò un'occhiata ironica.

«E da quando dai tanta importanza alle sensazioni? Ti credevo più pragmatico e meno emotivo.»

Marco si bloccò e la guardò con freddezza.

«Sono razionale e pragmatico quando è necessario esserlo» ribatté secco. «In altre circostanze mi affido all'istinto e, fino ad oggi, non mi sono mai sbagliato.»

«Be', c'è sempre una prima volta» commentò Giselle nello stesso tono.

Seguirono alcuni istanti di silenzio carichi di tensione. Poi Marco comprese dall'espressione di Giselle che la donna aveva deciso di smussare gli angoli.

«Speriamo che non sia questa» disse infatti in tono conciliante. «La contatterò di nuovo e le farò un po' di pressione perché si decida a firmare. Sono convinta che è solo questione di giorni.»

Marco le rivolse un sorriso tirato.

«Mi auguro che tu abbia ragione» replicò. Poi si avviò verso la porta. «Vado a controllare i lavori. Si sta alzando il vento» aggiunse, «dopo andrò a fare un giro in barca, ho bisogno di rilassarmi.»

Giselle lo guardò e Marco ignorò volutamente l'invito che lesse nei suoi occhi. In quel momento non gli interessava quel genere di relax. Comunque non con lei. Preferiva godersi il lago, da solo sul *Flying*. Il pensiero della ragazza bruna che aveva incrociato qualche giorno prima gli tornò in mente. Non gli sarebbe affatto dispiaciuto incontrarla di nuovo.

ADELE AVEVA GUIDATO ININTERROTTAMENTE, fermandosi solo una volta per fare benzina. Voleva allontanarsi da Milano e mettere tra lei e Simone il maggior numero di chilometri possibile. La scena che si era trovata di fronte aveva continuato a ripassarle davanti agli occhi, come in una moviola inceppata. All'inizio aveva agito sotto shock, riempiendo le valigie senza neppure rendersi bene conto di quello che faceva. Mossa solo dalla rabbia e dal desiderio di fuggire. Poi, man mano che si lasciava la strada alle spalle, il suo cervello si era snebbiato e aveva ripreso a ragionare. Sapeva di aver fatto la cosa giusta. Era come se improvvisamente il velo che aveva davanti agli occhi fosse caduto e lei vedesse la realtà, e Simone, per ciò che era. È vero, aveva agito d'impulso ma quando finalmente imboccò la strada che costeggiava il lago, la strada che portava a casa, seppe che non se ne sarebbe pentita.

Giunta all'altezza delle terme di Vicarello, Adele rallentò.

Poi si diresse verso il circolo. Aveva bisogno di fermarsi lì, di restare un po' sola con se stessa prima di tornare al casale e all'inevitabile confronto con Oxana.

Non si soffermò volutamente sui muri scrostati del rimessaggio e sul capanno cadente in cima alle palafitte e raggiunse il suo angolo preferito, dove il lago formava una piccola ansa circondata da un canneto bordato di alberi che curvavano con grazia i loro rami verso l'acqua. Sedette, lo sguardo fisso davanti a sé.

Una vela solitaria solcava il lago. Riconobbe subito la forma affusolata e inconfondibile del *Flying Dutchman* e, suo malgrado, non riuscì a staccare gli occhi, cercando di distinguere la figura dell'uomo al timone. Piano piano lo mise a fuoco, il fisico slanciato e muscoloso, le lunghe gambe abbronzate, i ricci scuri mossi dal vento. Rimase come ipnotizzata a osservare le sue manovre esperte, che gli permisero di prendere tutto il vento di traverso, spingendo la barca al massimo e lasciandosi dietro una scia che ribolliva di spuma, mentre si allontanava verso la parte opposta del lago.

Adele si riscosse da quella sorta di sogno ad occhi aperti e si alzò. Tornò verso il circolo.

Non poteva rinunciarvi per niente al mondo. Lo aveva sempre saputo e adesso ne era consapevole. Si guardò intorno e questa volta non vide ciò che era ma, con gli occhi del cuore, ciò che avrebbe potuto essere. Ciò che lei lo avrebbe fatto diventare di nuovo.

E in quel momento seppe di aver preso la sua decisione.

IL RUMORE metallico del cancello d'ingresso fece voltare Marco di scatto. Qualcuno lo aveva sbattuto con violenza e quel qualcuno poteva essere solo Giselle. Lasciò il computer acceso sul tavolo del grande soggiorno e le andò incontro. Non era da lei avere quegli scatti di rabbia, doveva essere successo qualcosa.

«Problemi?» le chiese raggiungendola sul patio.

Giselle gli mostrò un assegno, l'espressione cupa.

«Avevi ragione tu» ammise. «La figlia di Forti si è presentata dal notaio e ha riportato l'assegno della caparra, raddoppiato come da contratto. Non vuole più vendere.»

Marco aggrottò le sopracciglia, anche questa volta il suo sesto senso non lo aveva ingannato. Ma decise che sarebbe stato inutile recriminare, piuttosto era arrivato il momento di essere pragmatici,

«Hai provato a parlarle?»

La socia annuì.

«Appena il notaio mi ha avvisata, sono corsa da lei, al casale. La vedova sarebbe ben contenta di vendere la sua parte, ma la Forti non ne vuol sentire parlare. Ha detto che è una questione di cuore. Perdere il circolo sarebbe come perdere nuovamente suo padre.»

«Sei sicura che non sia un modo per giocare al rialzo?» chiese Marco dubbioso. Di solito, quando i venditori subodoravano l'affare si ritraevano, argomentando la scelta con motivi di affezione particolare al luogo.

Ma Giselle scosse sconsolata la testa.

«Le ho proposto il doppio della cifra, per noi quella spiaggia è troppo importante.»

«E lei?»

«Ha riso e mi ha ringraziata.» Fece una smorfia. «Mi aspetta al suo circolo velico per offrirmi una bibita fresca. Intende riaprire l'attività, capisci?»

«Ma non lavorava a Milano?»

«Così mi aveva detto il padre, ma l'eredità le deve aver dato alla testa.»

Marco si appoggiò a uno stipite, lo sguardo concentrato sul lago, riflettendo.

«Non so cosa pensa di fare» riprese Giselle, «ma di certo non ha una grande liquidità. La matrigna continuava a dirle che era stata una sciocchezza prosciugare i suoi risparmi per rescindere il contratto.»

Per la prima volta in quel pomeriggio, Marco sorrise.

«Almeno questa è una buona notizia. Chiama l'avvocato e proviamo a metterle un po' d'ansia, nel frattempo studierò un piano B per farla capitolare. Ho avuto la meglio su personaggi ben più coriacei di questa ragazzetta dal cuore tenero, non sarà così difficile farle cambiare idea.»

Giselle aggrottò la fronte.

«Stai attento a non sottovalutarla. Adele Forti sarà anche una ragazzetta dal cuore tenero, ma ho capito che sa perfettamente quello che vuole» commentò. «Vado a chiamare Bassi» aggiunse riferendosi al loro legale, e si diresse all'interno della villa.

Marco tornò nel salone e si avvicinò al tavolo, dove era posato un cestello di ghiaccio con del prosecco. Prese la bottiglia, la stappò e riempì un calice, poi aggiunse due foglie di menta, un filo di sciroppo di melissa e un goccio di soda, con un cucchiaino mescolò il tutto e sollevò il calice con il suo Hugo: «À la guerre comme à la guerre signora Forti».

CINQUE

Adele si era alzata presto, non poteva permettersi di perder tempo, la stagione era già iniziata e, se voleva sperare di rientrare almeno in parte dei soldi spesi per dare indietro la caparra, doveva rendere La Vela agibile. *Come dice Neruda, è per rinascere che siamo nati e io rinascerò, qui a casa mia,* pensò sistemando tutti gli attrezzi dentro una borsa.

«Non ce la puoi fare da sola, tutto questo non ha senso.» Oxana la seguiva passo passo e, come un grillo parlante, continuava a farle la predica.

Adele sistemò la carta vetrata e i pennelli e chiuse la sacca voltandosi verso la moglie di suo padre.

«Allora aiutami. Siamo solo all'inizio di giugno, se ci mettiamo di buona lena, abbiamo qualche speranza di aprire per luglio» le propose intuendo già la risposta.

«Nemmeno morta. Io volevo vendere, come Riccardo. Non intendo distruggermi le mani per scartavetrare le assi di legno, i tavoli e le sedie. È una follia e prima te ne renderai conto, meglio sarà. Quelli non aspetteranno per sempre.»

«Tu non l'hai visto il circolo ai tempi d'oro, era bellissimo. Possiamo farcela insieme» insistette Adele, avviandosi verso la macchina dove aveva caricato il resto del materiale. «Pensaci, Oxana, i soldi finiscono presto, un'attività, se ben gestita, può diventare il lavoro di una vita. E tu in questo momento non hai niente da fare...»

«Se è per questo neanche tu, visto che ti sei licenziata» la rimbeccò l'altra.

«Io continuerò a fare il mio lavoro in proprio, ma adesso devo pensare al circolo» rispose Adele risoluta salendo in macchina. Si sentiva carica di energia e aveva in mente un piano per rilanciarlo: aprire una scuola vela per i più piccoli. Era un progetto ambizioso, ma era convinta che, se voleva recuperare il circolo e farlo funzionare come ai tempi di sua madre, doveva inventarsi qualcosa di nuovo. E quella le sembrava una buona idea. Certo, al momento non poteva pensare di chiedere l'iscrizione alle scuole federali, ma chissà, forse col tempo sarebbe stato possibile. Mentre guidava verso il lago, mise gli auricolari e compose il numero di Paolo Vicari, un vecchio amico di suo padre. Era la persona giusta a cui rivolgersi.

Primo classificato al titolo di Campione italiano Offshore. Spring Cup. Italian Slalom Tour. Coppe, trofei, targhe: la stanza era tappezzata di tributi alla sua carriera di sportivo. Adele li osservava mentre aspettava Paolo nel suo ufficio alla Federvela.

«Sempre bellissima.»

Lei si voltò riconoscendo la voce un po' roca di uno dei più cari amici di Riccardo.

«E tu sei sempre uguale» rispose andandogli incontro e abbracciandolo.

Paolo Vicari, nonostante l'età, era ancora un bell'uomo. I

capelli sale e pepe erano legati in un codino, sul volto abbronzato gli occhi chiari spiccavano luminosi e intensi, circondati da una fitta rete di rughe sottili.

«Un giorno mi dirai qual è il tuo segreto per non invecchiare» scherzò Adele.

«Fare ciò che ami» fu la risposta del vecchio marinaio. «E ora dimmi cosa ti ha portato qui. Lo sai che per la figlia di Riccardo farei qualsiasi cosa...» aggiunse e il viso si allargò in un sorriso paterno. «Mi sembra incredibile pensare che non ci sia più, ha creato un vuoto incolmabile.»

Adele annuì e sentì che gli occhi le si inumidivano. Paolo se ne accorse.

«Ma lui non vorrebbe vederci tristi» le disse dandole un buffetto affettuoso come faceva quando era piccola. «Amava troppo la vita, non gli piaceva la gente cupa o musona. Su, raccontami dei tuoi progetti, mi aveva detto che ti eri trasferita al nord.»

«È vero, ma adesso sono tornata» rispose lei, «e voglio riaprire La Vela. Ho fatto un giro lungo il lago, non c'è niente di così bello. Anche se il circolo è malridotto, è sempre un piccolo angolo di paradiso. Ho pensato che l'estate potrei fare, oltre all'attività di stabilimento, dei corsi di vela e l'inverno ripristinare il rimessaggio per le barche, oltre a tener aperto il ristorante come ai tempi di mamma» aggiunse con entusiasmo.

Paolo le sorrise e fece un vigoroso cenno di approvazione con il capo.

«L'idea è ottima, ne avevamo parlato anche con tuo padre. Aprire una scuola federale per i più piccoli. Se non mi sbaglio, Riccardo aveva ottenuto anche i permessi per sistemare a campeggio la zona vicino al bosco...»

«A campeggio?» lo interruppe Adele stupita.

«Sì, l'idea era quella di fare dei campi scuola, me lo ricordo bene perché ne abbiamo discusso tanto e gli avevo promesso il mio appoggio.»

«E perché non se n' è fatto niente?» chiese ancora lei. Suo padre non gliene aveva mai parlato.

«Perché poi arrivò un'offerta che non si poteva rifiutare. Quella della francese del resort. E infatti io credevo che avesse venduto.»

Adele abbassò lo sguardo e rispose a mezza voce: «Aveva appena firmato il compromesso quando si è sentito male».

Paolo allungò la mano su quella di lei e la strinse fra le sue.

«Piccola, devi guardare oltre, non so quanto sia conveniente riaprire La Vela piuttosto che vendere, ma di sicuro è un progetto che può funzionare. Come ho dato il mio appoggio a tuo padre, lo darò a te. Dimmi solo di cosa hai bisogno.»

Adele ricambiò la stretta con uno sguardo pieno di affettuosa riconoscenza.

«Grazie Paolo, ci contavo.»

ERA RIMASTA tutto il pomeriggio a parlare con l'amico del padre ed era andata via ancor più carica di quando era arrivata. Paolo Vicari le aveva promesso una Caravella per il primo livello e quattro Vaurien e due Optimist a un prezzo ridicolo, nonché avevano discusso di creare un rapporto sinergico fra loro per presentare dei corsi formativi alle scuole con programmi finalizzati allo sport e all'educazione ambientale. Non le restava che trovare un buon istruttore di vela per i suoi corsi. I ragazzi che le aveva proposto Paolo erano sicuramente bravissimi, ma da quello che le aveva detto non a portata delle sue finanze. Per quel primo anno doveva arrangiarsi diversamente, poi col tempo avrebbe potuto assumere personale più qualificato.

«Sei perfettamente in grado di cavartela da sola» le aveva detto Paolo. Ma Adele sapeva di doversi occupare dello stabilimento e del ristorante e, non avendo il dono dell'ubiquità, non poteva tenere anche i corsi.

Prima di tornare al casale si fermò alla Vela. Entrò nei locali del circolo e si guardò intorno.

Quella mattina si era occupata di pulire la spiaggia ed eliminare tutti i rifiuti, era stata una faticaccia ma ne era valsa la pena. Certo, il capanno sulle palafitte aveva bisogno di una bella pitturata, anche le sdraie andavano rinnovate, ma poco alla volta avrebbe fatto tutto. La fatica non l'aveva mai spaventata, ma si sentiva sola. Non aveva nessuno con cui condividere il suo progetto. Per un attimo pensò a Simone, erano giorni che continuava a mandarle messaggi, dato che lei si rifiutava di rispondere alle sue chiamate. Ma si conosceva abbastanza bene per sapere che aveva fatto la scelta giusta a troncare con lui in modo definitivo.

Non l'avrei mai perdonato, lo spettro del tradimento sarebbe stato sempre fra noi.

Ciò che la stupiva di più era il fatto di non stare male pensando a lui. Forse perché era così presa dai suoi nuovi progetti? In realtà, nel profondo del cuore, sapeva che il motivo era un altro: Simone non era il suo principe azzurro e neanche una sua copia sbiadita. Era per quello che non stava male. Si era accontentata, aveva voluto crederci, si era fatta un film con la storia d'amore perfetta, con la condivisione di vita e di lavoro. Ma era stato solo un film. Aveva visto ciò che aveva voluto vedere, ignorando il resto, tanti piccoli dettagli che ora le tornavano in mente e formavano un quadro ben preciso dell'uomo che aveva creduto di amare. E adesso che aveva aperto gli occhi, superata la disillusione, si sentiva meglio.

Il vento fece cigolare la vecchia insegna della Vela sospesa con degli anelli di ferro sopra il bancone. Il tempo aveva sbiadito i colori, la scritta e il disegno ormai si potevano solo intuire. La prese e la staccò dagli anelli. Anche lei aveva bisogno di un bel restauro. Se ne sarebbe occupata una volta a casa. Poi, con l'insegna sotto il braccio, si avviò alla macchina. Era arrivata l'ora di cena e non voleva far aspettare Oxana.

Oxana aveva già cenato quando Adele parcheggiò la macchina davanti al cancello: sul tavolo c'era soltanto la ciotola con la frutta. Era evidente che stava cercando di osteggiarla in tutti i modi, ma lei non intendeva smuoversi dalle sue posizioni. Il casale era di sua proprietà al cinquanta per cento e, se Oxana avesse continuato ad avere quell'atteggiamento rancoroso, avrebbe trovato il modo per dividerlo. Adele prese l'insegna della Vela e scese dall'auto.

«Fatto tutto?» le chiese la moglie del padre, simulando un interesse che, Adele lo sapeva, era ben lontana dal provare.

Le sorrise come se niente fosse e annuì.

«La settimana prossima mi portano le derive per la scuola di vela, da domani comincio a ridipingere, con una mano di vernice fresca acquisterà subito un'altra aria» affermò convinta. Poi si avvicinò al tavolo e prese al volo una pesca.

«Sono quelle del nostro albero?» chiese.

«Sì» rispose Oxana. «Stanno finendo e maturano tutte insieme.»

«Possiamo farci la marmellata, se mi dai una mano» le propose. Doveva riuscire a spezzare quel muro di ostilità.

«A Riccardo piaceva tanto...»

Adele spiò l'espressione malinconica della moglie di suo padre. Oxana non parlava mai di lui, ma era evidente che le mancava.

«Papà era un buongustaio, amava tutto ciò che era buono e bello» disse in tono scherzoso, «altrimenti non ti avrebbe scelta.»

Oxana le lanciò un'occhiata di traverso, come per capire se la stesse prendendo in giro.

«Parlo sul serio» disse Adele, posandole la mano sul braccio in una stretta solidale.

L'altra parve rilassarsi. «Tu hai mangiato qualcosa?» le chiese allora.

«No, ma voglio prima sistemare l'insegna, quando se ne va la luce i colori cambiano. Vedrai, una volta ridipinta ti farà tutta un'altra impressione» rispose Adele avviandosi verso il ripostiglio.

Oxana non commentò, ma liberò il tavolo in giardino ricoprendo il piano con dei vecchi giornali. Poco dopo Adele tornò con una serie di barattoli di smalti ad acqua e della carta vetrata.

«Li avevo visti stamattina, è per questo che l'ho portata a casa» disse Adele iniziando a scartavetrare la vecchia insegna. «Fino a qualche tempo fa la rinnovava papà, poi ci ha rinunciato.»

«Era troppo faticoso per lui da solo.»

«Lo è per chiunque. Anch'io ho bisogno di aiuto» sottolineò Adele. «Innanzitutto devo trovare un istruttore qualificato per i corsi di vela.»

«E come pensi di fare?»

«Ho avuto un'idea, ma ho bisogno di te per realizzarla.»

Oxana la guardò sospettosa.

«Stai cercando di incastrarmi, Adele?» le chiese.

Adele scoppiò a ridere.

«Sinceramente non credo che ci riuscirei» rispose sincera.

«Comunque non contare su di me per aiutarti con il circolo» riprese Oxana, «sai come la penso.»

Adele alzò le mani in segno di resa.

«Va bene, vuol dire che proverò da sola a farlo ripartire. Se poi dovessi rendermi conto che non funziona, se si rivela una missione impossibile...» fece una pausa, «allora prenderò in considerazione l'idea di vendere.»

Oxana scosse la testa.

«Sarebbe meglio farlo subito, prima che quella cambi idea» ribatté ostinata.

Adele alzò le spalle.

«Per me la signora Giselle Vattelappesca può portare i suoi preziosi ospiti da qualsiasi altra parte» dichiarò.

L'altra alzò gli occhi al cielo.

«Sei testarda come Riccardo!» esclamò. «E sono sicura che da questa tua decisione non verrà niente di buono.» Detto questo, si girò e rientrò in casa a passo di carica.

MARCO SI ERA SISTEMATO in riva al lago con il tablet. Giselle era andata al cantiere, mentre lui cercava di mettere a punto la strategia per sconfiggere "il nemico". Se vuoi batterlo, devi conoscerlo, era quella la sua regola ma in questo caso aveva lasciato tutto nelle mani di Giselle e aveva sbagliato. Digitò Adele Forti sul motore di ricerca e aspettò i risultati. Il primo link rimandava alla pagina linkedin. Sotto un logo ben studiato – dovette ammetterlo – c'era il suo nome con accanto la dicitura 'social media marketing', a cui seguiva una breve spiegazione: sviluppo di contenuti e strategie di promozione sui social media e sul web per piccole imprese e professionisti. La situazione cominciava a farsi interessante. La ragazza non era una pivellina. Ma questo non spiegava il motivo per cui si era intestardita col circolo velico. Perché non se n'era rimasta a Milano a fare il suo lavoro?

Quando cliccò sul suo profilo facebook, Marco rimase incredulo e basito a fissare la ragazza del lago che sorrideva a bordo del suo laser, i lunghi capelli castani frustati dal vento, il corpo agile e sinuoso angolato e in perfetto equilibrio mentre si sporgeva fuoribordo quasi parallelo all'acqua, in una impeccabile andatura di bolina. LEI! Nei giorni precedenti, ogni volta che aveva messo in acqua il *Flying Dutchman,* aveva sperato di rivederla. Ma mai aveva preso in considerazione l'idea che Adele Forti potesse essere lei. Decisamente il destino si divertiva a giocare tiri mancini.

Fece scorrere la pagina e vide che proprio quella mattina aveva caricato un video con il link alla pagina del circolo La Vela. Cliccò e l'immagine si animò. Lo aveva girato proprio al circolo, alle sue spalle c'era la vecchia palafitta dove un tempo c'era il ristorante, alla sua sinistra la spiaggia. Marco notò che era stata ripulita rispetto alle foto che gli aveva inviato Giselle. Adele indossava una maglietta extralarge colorata, leggins e scarpe da ginnastica. Aveva l'aria felice.

"Ciao a tutti, mi chiamo Adele e sto cercando qualcuno che mi aiuti in un'impresa folle."

Puoi dirlo forte.

"Siamo sul lago di Bracciano e questo è il circolo di vela che gestiva la mia famiglia. Io mi ero trasferita a Milano, ma a un certo punto mi sono resa conto che mi mancava il mio lago, la mia gente" mentre parlava si muoveva e mostrava lo stabilimento.

Brava, sta cercando di far empatizzare il pubblico!

"Perciò ho deciso di tornare e ho rilevato l'azienda di famiglia. Ci sto lavorando e presto troverete in rete tutte le proposte del nostro circolo velico che vi piaceranno moltissimo, ne sono sicura."

E coraggiosa anche!

"Ma non è per questo che chiedo il vostro aiuto. Organizzeremo dei corsi di vela per bambini, ho trovato le barche, ma mi manca l'istruttore. Lo stipendio non è alto, ma in cambio offro un'estate indimenticabile, vitto e alloggio. Chi fosse interessato mi contatti qui in privato o venga alla Vela, lungolago zona Vicarello. Vi aspetto."

Marco sorrise. Quella era un'occasione ghiotta e lui non poteva permettersi di lasciarsela scappare. Decise di festeggiare organizzando un bel barbecue in giardino.

Stava preparando la brace quando Giselle rientrò. Aveva i capelli in disordine e l'aria tirata di chi è di pessimo umore.

«Non so come ti sia venuto in mente di fare la brace con questo caldo» commentò acida togliendosi la giacca del tailleur.

Marco si voltò verso di lei e le sorrise.

«Vai a cambiarti mentre ti preparo qualcosa di fresco.»

Giselle non se lo fece ripetere due volte e scomparve all'interno della villa. Marco aveva notato la piccola macchia scura sulla camicetta di seta rosa ed era rimasto sorpreso. Giselle era una persona precisa, difficilmente si sarebbe sporcata per caso. Quella macchia denunciava un pomeriggio burrascoso e lui era curioso di conoscere i motivi della tempesta. Mentre l'aspettava si avvicinò al bar, prese della tequila e cominciò a preparerle un Margarita. Era sicuro di riuscire a farle tornare il buonumore, qualsiasi cosa fosse avvenuta al cantiere.

Ripensò a Adele Forti. La ragazza aveva dei numeri, quel semplice video era fatto ad arte, puntava dritto al cuore. La giovane che torna alla terra d'origine, che vuole preservare il patrimonio affettivo della famiglia. Vista la sua preparazione, era evidente che lo aveva studiato a tavolino, eppure c'era qualcosa in lei di spontaneo, di autentico.

«Allora, a cosa dobbiamo il tuo buon umore?»

Marco si voltò e vide che la sua socia aveva indossato un caffettano di lino bianco, impalpabile. Prese il bicchiere che le aveva preparato e glielo porse.

«Ho avuto un'idea che risolverà tutti i nostri problemi» le comunicò con aria misteriosa.

Giselle bevve un lungo sorso ghiacciato prima di rispondere.

«Spero che sia vero, perché siamo nei guai» dichiarò in tono tragico. «Salemi ha saputo che la vendita è andata in fumo e che la Spa non ha più la spiaggia e vuole tirarsi indietro.»

«Stai scherzando?» Il buon umore di Marco era improvvisamente svanito. «Se il nostro sponsor ci molla per noi è un bagno di sangue!»

«Per poco non mi sono strozzata con il caffè quando mi ha telefonato» dichiarò lei. Ecco spiegata la macchia sulla camicetta immacolata.

«Dobbiamo incontrarlo, ho bisogno di prendere tempo» Marco aveva recuperato il controllo.

Giselle annuì.

«Abbiamo un appuntamento domani mattina» rispose mandando giù in un sol sorso il resto del cocktail.

Marco la fissò determinato.

«Lo convinceremo a non ritirarsi dall'investimento. Avremo quella spiaggia. Non possiamo permetterci di perdere i suoi soldi.»

SEI

"Il mattino ha l'oro in bocca" le ripeteva sempre sua madre e Adele ci credeva. Aveva messo la sveglia alle sei ed era scesa al circolo munita di tutti gli attrezzi necessari.

Sul lago si era levato un leggero venticello che increspava l'acqua e rendeva il lavoro meno faticoso.

Cominciò a scartavetrare le pareti: prima di dipingerle e di rasarle, doveva riportarle al legno vergine, cosa che non veniva fatta da anni. *Forse dovrei chiamare qualcuno a darmi una mano,* pensò. Nonostante l'ora, era già stanca e si rendeva conto di essere solo all'inizio. Suo padre, da quando lei era partita, non aveva più fatto lavori di manutenzione ed erano bastati due anni perché ovunque il circolo mostrasse segni di decadimento. Passò la mano sul legno che aveva raschiato e pensò che, per eliminare tutte le muffe, avrebbe dovuto passare anche una soluzione fungicida. In quel momento sentì il cellulare suonare e decise che era un buon motivo per fermarsi un attimo. Abbandonò la carta vetrata e corse a recuperare la borsa.

Estrasse a fatica il telefono ma si bloccò prima di rispondere: sul display spiccava il nome di Simone. Erano giorni che continuava a cercarla, nonostante lei non lo avesse mai richiamato. La prassi era sempre la stessa: una telefonata, poi un sms con le parole: " ti prego perdonami". Ipocrita! Fedifrago! Come avrebbe potuto credere ancora in lui? Perché non la lasciava in pace? Infilò con rabbia il cellulare nella borsa e tornò al lavoro. Ce l'aveva con se stessa per essersi fidata di lui, per aver creduto ad ogni sua parola, per non aver valutato bene la persona che credeva di conoscere. Simone era un capitolo chiuso. Doveva guardare avanti, al futuro. E il suo futuro era La Vela.

MARCO SCOSTÒ la tenda e lanciò un'occhiata agli splendidi giardini sottostanti. Salemi aveva studiato ogni minimo dettaglio per far colpo sui visitatori, non ultima la vista dalla sala riunioni sul Palazzo Borghese.

«Pensi di averlo convinto?» chiese Giselle alzandosi e raggiungendolo, elegantissima nel suo tailleur bianco ghiaccio. Durante l'incontro aveva mascherato abilmente la tensione, scherzando e ridendo. Salemi era un imprenditore romano vecchio stampo, uno di quelli che preferivano trattare di affari con gli uomini, così era rimasta in disparte, lasciando la scena al suo socio.

«Direi di sì, almeno ha detto che non ritirerà l'investimento fatto. L'hai sentito.»

Giselle annuì e si alzò.

«Certo, ma il problema è il resto della cifra, lo sai benissimo» replicò tesa.

Marco scrollò le spalle.

«Non è da te farti prendere dall'ansia.»

«Non si tratta di ansia» scattò lei. Poi abbassò la voce: «Ha detto che, senza spiaggia, non aggiungerà un euro». Aveva quasi bisbigliato per non farsi sentire, ma il messaggio arrivò forte e chiaro al suo socio.

«Avremo quella spiaggia, ho solo bisogno di tempo. Salemi mi ha dato fiducia, non capisco perché tu invece stavolta non ti fidi di me» ribatté Marco irritato.

«Perché io ho incontrato Adele Forti e le ho parlato. Ti ripeto, per lei non è un problema di soldi. È una questione *affettiva*» concluse Giselle calcando ironica sull'ultima parola.

«Ma per mandare avanti un'attività i soldi servono e senza si può colare a picco in tempi molto brevi» replicò Marco con una punta di cinismo. «La Forti è giovane e motivata, ma non ha liquidi, non sarà difficile metterla in ginocchio.»

«Spero che tu non sia troppo ottimista.»

«Mi fido di Marco, non mi ha mai deluso in tutti questi anni.» Salemi era rientrato nella sala senza che se ne accorgessero.

Giselle si voltò verso di lui con un sorriso forzato.

«Anche io, altrimenti non l'avrei scelto come socio. Adele Forti ha solo bisogno di una spintarella per prendere la decisione giusta e sono sicura che il nostro Marco farà ciò che è necessario» rispose in tono volutamente leggero. Salemi aveva il capitale di cui avevano bisogno e la sua ditta di filati e biancheria per la casa era lo sponsor adatto per la Spa, il loro era il giusto connubio e l'accordo che avevano raggiunto dopo lunghe trattative non si doveva incrinare, per nessun motivo.

ALL'ORA DI PRANZO, stremata, Adele era tornata a casa. Anche se non voleva ammetterlo, cominciava a temere che l'idea di restaurare il circolo da sola fosse davvero un'impresa impossibile. Nonostante avesse lavorato tutta la mattina, le sembrava di non aver concluso niente. Se voleva aprire e fare la stagione doveva chiamare dei professionisti, non poteva illudersi di poter procedere diversamente.

Entrò in casa e andò diretta al computer per controllare con l'home banking quanto le restava sul conto corrente e valutare in maniera concreta se poteva permettersi quei lavori. Emerse dalla sua camera una mezz'ora dopo tutt'altro che allegra.

«Problemi?» chiese Oxana, intenta a prepararsi un'insalata.

«Se voglio aprire fra quindici giorni ho bisogno di operai, da sola non ce la farò mai» ammise Adele.

«Per avviare un'attività servono soldi, tuo padre lo diceva sempre.»

«Lo so e stavo pensando di chiedere un prestito in banca» rispose Adele. «A proposito» continuò, «Paolo mi ha detto che papà aveva avuto la concessione per convertire una parte del terreno a campeggio, hai idea di dove possano essere le carte?»

Oxana finì di sciacquare l'insalata e si voltò verso di lei.

«Se c'è qualcosa, lo trovi nello studio. Riccardo teneva lì tutti i documenti.»

«Sai perché non ne ha fatto più niente?»

«Perché voleva andarsene, perché si era stancato di buttare soldi in quel pozzo senza fondo del circolo!» scattò l'altra. Sembrava non aspettasse altro per tirar fuori tutto quello che aveva dentro. «Ti sei dimenticata che il giorno in cui Riccardo si è sentito male aveva appena firmato il compromesso di vendita di quel posto?»

«Se anche lo potessi dimenticare, tu non fai che ricordarmelo» rispose Adele amareggiata.

«Perché era quello che voleva lui. Voleva voltare pagina, lasciare questo paese, guardare al futuro.»

«Non ci credo!» la risposta le era uscita dal cuore. Non

poteva pensare che suo padre volesse cancellare il loro passato, recidere le proprie radici. L'uomo che conosceva lei non l'avrebbe mai fatto. «Se ha preso quella decisione è perché tu gli hai levato la vita, perché non ti trovavi bene qui, perché ti sentivi rifiutata.» Era andata a toccare un nervo scoperto e lo sapeva.

«E allora?» ribatté dura Oxana. «Tuo padre mi voleva bene, desiderava che anche io fossi felice. Dovevamo andarcene, ricominciare da un'altra parte e invece ecco come è finita. Mi ritrovo senza niente, costretta a restare in un posto che detesto.»

Adele la squadrò ferita.

«Che intendi dire?»

«Quello che ho detto. Riccardo mi ha lasciato una parte del casale e una parte del circolo, ma non so che farmene se tu non vuoi vendere. Chi se lo compra il cinquanta per cento di una proprietà? Ed è tutta colpa tua, che improvvisamente ti sei risvegliata e sei tornata. Ma dove eri in questi anni in cui Riccardo aveva bisogno di te? A farti i fatti tuoi a Milano!»

La discussione era degenerata. Senza replicare, Adele le voltò le spalle e uscì in giardino.

Le parole di Oxana avevano lasciato il segno. Sapeva che contenevano una parte di verità. Lei per prima aveva tagliato i ponti con il suo passato, trasferendosi al nord per sfuggire a quella realtà e a quella vita. Perché allora non credere che anche suo padre volesse voltare pagina, guardare al futuro sotto una nuova angolazione? Lei si era resa conto che non si può rinnegare il proprio passato, perché le radici sono importanti, ci dicono chi siamo e cosa vogliamo. Ma aveva avuto il tempo per metabolizzare tutto questo, suo padre no. A Riccardo non era stata data quella possibilità, un infarto se l'era portato via a soli sessant'anni. Oxana aveva ragione accusandola di essere egoista, di pensare soltanto a se stessa. Nessuno avrebbe comprato solo la sua quota, ma su questo lei non avrebbe capitolato. In futuro, se gli affari avessero ingranato, avrebbero trovato una soluzione economica soddisfacente per entrambe, ma per il momento Oxana doveva accettare la sua decisione.

LA GIACCA VOLÒ SUL LETTO, seguita un attimo dopo dalla camicia azzurra che si intonava ai suoi occhi, dalla cravatta e dai pantaloni del completo blu di una nota firma della couture maschile. Marco aprì l'armadio della stanza ampia e luminosa affacciata sul lago che Giselle gli aveva riservato e osservò meditabondo il suo guardaroba. Alla fine optò per un paio di jeans consumati, una maglietta blu stinta dal sole e un paio di scarpe da barca che avevano visto tempi migliori, ma che non si decideva a buttare perché erano state sue fedeli compagne nelle regate più importanti a cui aveva partecipato.

L'incontro con Salemi aveva avuto un esito positivo ma non era il caso di riposare sugli allori. L'investitore gli aveva sì rinnovato la sua fiducia ma se non fossero riusciti a portare in dote alle nozze tra le loro due società la spiaggia e il terreno su cui sorgeva La Vela, il matrimonio sarebbe stato sciolto prima di essere consumato. Marco fece una smorfia ironica di fronte a quella metafora particolarmente calzante. Il suo sguardo si posò sul grande letto a due piazze e, per associazione di idee, il pensiero andò a Giselle: aveva sperato di poterlo condividere con lui? Probabilmente sì, pensò cominciando a rivestirsi. Glielo aveva fatto intendere in vari modi. Marco era perfettamente consapevole dell'effetto che aveva sulle donne e, senza presunzione o compiacimento, lo considerava un dato di fatto, di cui a volte si era servito per poter raggiungere più in fretta i suoi scopi. Ma si atteneva scrupolosamente a una regola: niente coinvolgimenti sentimentali o sessuali con le sue partner in affari. In quel caso servivano solo a complicare le cose. E anche Giselle, benché fosse una donna decisamente affascinante, avrebbe dovuto sottostare a quella regola non detta. Marco sapeva che la bella francese non aveva ancora rinunciato all'idea di sedurlo, ma non intendeva in nessun modo dar adito alle sue speranze. Mentre si esaminava allo specchio con aria critica, l'immagine di Adele Forti prese di nuovo forma nella sua mente. La scoperta che l'avversario da battere fosse lei non escludeva che potessero divertirsi un po' insieme, prima che il suo piano andasse a segno. Anzi, aggiungeva alla sfida quel pizzico di pepe che non guastava. Perché no? Il pensiero gli ronzava in testa dal momento in cui l'aveva vista sul laser e non lo aveva più lasciato. Avrebbe reso il raggiungimento del suo obiettivo molto più piacevole e la fanciulla avrebbe avuto dei bei ricordi da aggiungere al suo album personale. Marco sorrise alla sua immagine riflessa e decise che al suo abbigliamento mancava ancora un particolare. *Sono sempre i dettagli che fanno la differenza*, pensò mentre frugava nei cassetti alla ricerca di quello che da qualche parte era sicuro di aver messo. Alla fine la trovò: la vecchia bandana che aveva indosso durante le transoceaniche. Era il suo portafortuna e quindi particolarmente appropriata all'occasione. Se la legò sui ricci castani e osservò soddisfatto il risultato. Era pronto.

«E adesso a noi due Adele Forti.»

I DUE GIOVANI operai rumeni erano impegnati a rasare con la spatola i muri esterni del rimessaggio delle barche per prepararli alla pittura. Dopo una lunga contrattazione, Adele era riuscita a spuntare un prezzo che le permettesse di fare una ristrutturazione leggera per avere di nuovo a disposizione tutti i locali:

oltre alla rimessa delle barche, la piccola reception, i due bagni e il ristorante sulla palafitta. I lavori procedevano piuttosto celermente e lei adesso aveva la sensazione che il raggiungimento del suo obiettivo non fosse più un progetto irrealizzabile e che tra non molto sarebbe riuscita a inaugurare la nuova stagione della Vela.

Animata da questa convinzione e decisa a darsi da fare, raggiunse il capanno sulla palafitta per sgomberarlo e dividere ciò che poteva tenere da quello che, invece, andava eliminato. Cominciò accatastando i tavolini e le sedie per poi trasportarli sulla piattaforma esterna a cui si accedeva dal pontile che, per fortuna, era ancora in condizioni discrete. Poi toccò alla vecchia madia dove erano conservati i piatti e i bicchieri scelti da sua madre e in parte ancora in buono stato. Tirarli fuori ad uno ad uno e ripulirli dalla patina di polvere che vi si era depositata fu come liberare i ricordi che se ne stavano acquattati dentro di lei. Le sembrava di vedere di nuovo i suoi genitori mentre, in perfetta sintonia, si occupavano dei clienti, coccolandoli con i manicaretti preparati da sua madre. Poi si ritrovò tra le mani il grande piatto da portata con al centro il dipinto di un veliero a vele spiegate sul mare in tempesta, il suo preferito. E lo scenario cambiò.

Adesso era sulla prua di quel veliero, al comando di un manipolo di coraggiosi pirati pronti a morire per lei. Non indossava più una salopette impolverata ma gilé e pantaloni di velluto nero, non scarpe da ginnastica ma stivali di cuoio pregiato, non la vecchia maglietta lisa ma una camicia di seta col collo ricamato, e non impugnava un mestolo ma una spada scintillante... Trasportata da quelle fantasie, Adele si alzò di scatto come a voler correre sul cassero per dare l'ordine di arrembare, ma si fermò di colpo, rimanendo immobile come una statua di sale.

L'uomo la cui silhouette alta e slanciata si stagliava sulla soglia del capanno era la perfetta incarnazione del pirata dei suoi sogni di ragazzina: jeans consumati e maglietta stinta che mettevano in risalto un fisico a cui non si poteva restare indifferenti, i ricci castani trattenuti da una bandana e gli occhi più azzurri che si potessero immaginare, nei quali brillava una luce canagliesca che lo rendeva ancora più affascinante. Per un attimo Adele credette di avere un'allucinazione. Si era forse materializzato dalle sue fantasie?

Poi lo riconobbe.

«Scusa, ti ho spaventato? Pensavo mi avessi sentito, avevo dato una voce...» lui si era avvicinato e le sorrideva.

Lui, l'uomo del *Flying Dutchman*.

Adele cercò di dominare il turbinio di emozioni contraddittorie che la scuotevano.

Si sentì arrossire come una ragazzina colta a fare qualcosa di sconveniente, senza sapere bene perché.

Si rese conto che indossava dei vecchi vestiti informi e desiderò con tutta se stessa di vestire invece i panni della capitana della sua fantasia.

Ebbe la sensazione di essere del tutto indifesa sotto quello sguardo azzurro che la squadrava spudorato e questo le provocò una notevole irritazione.

Si raddrizzò e tossicchiò.

«Nessun problema, ero solo concentrata su quello che stavo facendo» replicò cercando di darsi un contegno.

Lui continuò ad osservarla come se cercasse di ricordare qualcosa e Adele dovette fare uno sforzo notevole per non mettersi a saltellare da un piede all'altro per l'imbarazzo.

«Adesso ci sono!» esclamò infine lui con un sorriso che sarebbe stato perfetto per la pubblicità di un dentifricio sbiancante, pensò lei. «Ci siamo incontrati sul lago.»

«Per essere precisi ci siamo quasi *scontrati* perché mi stavi per piombare addosso» lo rimbeccò, pentendosi subito dopo di quelle parole impulsive che tradivano il fatto che il timoniere del *Flying* non le fosse certo passato inosservato.

Lui rise divertito.

«Non correvi nessun pericolo, te lo assicuro» replicò.

«Sei piuttosto sicuro di te» commentò Adele ironica.

«Non vorrei sembrarti presuntuoso, ma si tratta del mio lavoro» sottolineò lui con un altro sorriso che avrebbe steso anche un sasso.

Adele non riuscì a trattenersi e la curiosità ebbe il sopravvento.

«Perché, che lavoro fai?»

«Lo skipper ma anche l'istruttore di vela» la guardò dritto negli occhi, «ed è il motivo per cui sono qui.»

«Cioè...?» Adele ebbe la sensazione che i suoi meccanismi mentali si fossero come inceppati.

«Cioè sono interessato alla tua offerta di lavoro» rispose lui come se la cosa fosse ovvia. «Dovevo partire per una transoceanica ma all'ultimo momento è saltato tutto» le spiegò. «Ero qui per provare il *Flying* di un cliente e ho pensato di dare un'occhiata in giro nel caso qualche circolo avesse bisogno di un istruttore di vela. Ma la maggior parte sono già organizzati, dato che la stagione è alle porte, poi su facebook ho visto il tuo filmato... ed eccomi qui» concluse.

A quelle parole Adele s'illuminò. *È proprio vero che la fortuna aiuta gli audaci*, pensò. Poi però un altro pensiero le fece aggrottare la fronte: «Immagino che sarai abituato a cifre ben diverse da quella che posso offriti io...» cominciò.

Ma lui la interruppe con un gesto: «Non preoccuparti, sono sicuro che troveremo un accordo. Mi piace qui» aggiunse guardandosi intorno, «e mi piacciono i bambini, sono più diretti e meno permalosi degli adulti».

«Be', in questo caso...» Adele lasciò la frase in sospeso.

Lui le tese la mano: «Affare fatto allora?».

Lei la strinse e provò una improvvisa sensazione di calore mentre lui la tratteneva tra le dita agili e forti: «Affare fatto».

«Molto bene Adele... giusto?» le rivolse di nuovo quel sorriso abbagliante continuando a trattenere la mano nella sua. «Io sono Marco.»

CAPITOLO

SETTE

«Si chiama Marco, fa lo skipper e l'istruttore di vela. Mi ha fatto un'ottima impressione.»

Oxana si limitò a lanciarle un'occhiata penetrante.

«Quanto entusiasmo» commentò con una smorfia. «Non sarà che ti piace?»

Adele arrossì.

«Ma che dici? Lo sai che ho appena chiuso una storia, in questo momento gli uomini non mi interessano.»

L'altra la guardò scettica.

«Come dite voi? Chiodo scaccia chiodo» commentò. «Poi tornò a concentrarsi sul programma televisivo che sembrò assorbire tutta la sua attenzione.»

Adele scosse la testa: l'ennesimo tentativo di coinvolgerla andato a vuoto. La lasciò sola e uscì in giardino. Le ultime sfumature del tramonto si dissolvevano nel cielo notturno lasciando spazio alle prime stelle. Adele sedette sulla vecchia panca di pietra dove, da adolescente, aveva a lungo sognato fissando gli astri che brillavano lontani e apparentemente indifferenti ma che a lei sembravano invece partecipi dei movimenti del suo cuore. Un pensiero catturò le sue fantasie: in quel momento forse Marco, al circolo, stava guardando quello stesso cielo, gli occhi puntati sulle prime stelle. Quel pensiero, senza alcuna spiegazione razionale, glielo fece sentire più vicino. Socchiuse gli occhi e lo immaginò sdraiato sul prato sotto le stelle, il lungo corpo muscoloso ed elegante rilassato, i capelli liberi di catturare la brezza della sera, gli occhi fissi nel cielo scuro sopra di lui.

Si rannicchiò sulla panca e sorrise.

MARCO SI GUARDÒ INTORNO e pensò divertito che il suo nuovo alloggio era decisamente diverso da quello scelto da Giselle. Il confronto tra la lussuosa stanza della villa e il bugigattolo sul retro della reception del circolo, con i muri a calce, la branda da campo e l'anta spaiata di un armadio, era impensabile. Eppure quel posto non gli dispiaceva. Per lui, abituato alla scomodità della barca, era perfetto. E poi facilitava il suo piano. Rifiutare l'offerta di un alloggio avrebbe sicuramente destato dei sospetti. Inoltre non voleva che qualcuno lo collegasse alla villa e, di conseguenza, al resort. Qui era Marco, istruttore di vela e skipper, e nessuno doveva avere motivo di dubitarne. In particolar modo Adele Forti.

Sistemò i pochi indumenti che aveva portato con sé dentro l'armadio, poi uscì all'aperto. Fu immediatamente preso in ostaggio dai suoni assordanti della natura. Le cicale che ancora frinivano instancabilmente, incuranti del buio. I grilli che facevano eco dai prati circostanti, le tortore che lanciavano a intermittenza il loro malinconico richiamo a cui si sovrapponeva quello di una civetta. Sollevò lo sguardo verso il cielo, una calotta di raso blu incrostata di stelle. Riusciva a distinguere le costellazioni dell'Orsa Maggiore e dell'Orsa Minore e la sagoma a zig zag di Cassiopea. Le stelle, forse proprio perché apparivano così lontane e indifferenti all'agitarsi degli umani, gli avevano sempre trasmesso un gran senso di pace. Il pensiero andò a Adele. Era stato tutto così facile, lo aveva guardato come fosse stato la manna dal cielo. Era certo che il piano avrebbe funzionato.

Respirò a pieni polmoni l'aria fresca della sera. Poi si guardò intorno immaginando come avrebbero sistemato il piccolo appezzamento di terreno per renderlo l'oasi esclusiva per la quale i loro clienti avrebbero pagato. Ammise con se stesso che un po' gli dispiaceva: il circolo semplice e spartano incarnava alla perfezione il suo spirito di velista. L'immagine di Adele s'impose nuovamente nei suoi pensieri. Solare, fiduciosa, piena di entusiasmo e di aspettative. Com'era stato lui. Prima di rendersi conto che nel mondo che aveva scelto non c'era posto per i sentimentalismi. Una lezione che Adele Forti avrebbe imparato molto presto.

Tutto sembrava procedere per il meglio. Gli operai avevano finito di tinteggiare il ristorante e ora erano passati a restaurare il pontile. Adele, invece, si stava occupando delle vecchie sedie di legno del locale: aveva deciso di pitturarle a tinte vivaci e si era messa al lavoro insieme a Marco che, in attesa dell'apertura dei corsi, si era offerto di aiutarla.

«Un giorno mi spiegherai perché non le vuoi tutte dello stesso colore» le disse, passando la seconda mano di verde acido su una sedia.

Adele si voltò e gli sorrise. Un sorriso aperto e ottimista.

«Perché il colore mette allegria. La Vela non sarà mai un circolo per gente con la puzza sotto il naso come la clientela che cercano quelli del resort che stanno ristrutturando sulla collina» gli rispose schietta. «Chi verrà qui lo farà perché ama la natura, il colore, la spensieratezza» dichiarò con la convinzione di chi crede nel proprio progetto.

Marco si limitò ad annuire senza fare commenti e tornò a verniciare in silenzio.

Ma Adele aveva voglia di parlare: «E comunque perché mi piacciono le tinte forti, i colori brillanti. Secondo me concentrano l'energia positiva. Da quando abbiamo iniziato a verniciare le pareti di giallo e verde sono successe solo cose col segno più».

Marco la guardò sorpreso.

«E sarebbero?»

«Il nostro incontro ad esempio.» Adele non poteva immaginare quanto quel discorso mettesse a disagio Marco. «Tu mi porti fortuna, da quando hai detto che venivi a lavorare per me tutto ha cominciato a filare per il verso giusto.»

Prima che lui potesse rispondere, una voce richiamò la sua attenzione.

«Signorina... signorina...»

Adele posò il pennello, si pulì le mani e andò verso il cancello dietro al quale vide due vigili urbani. *Che cosa erano venuti a fare?* si chiese aprendo per farli entrare e sfoderando uno dei suoi sorrisi più amabili.

«Buongiorno, come posso aiutarvi?»

«Siamo qui per un controllo» rispose il più anziano dei due.

Adele non lo aveva mai visto in paese quindi, pensò, doveva essere uno nuovo.

«Ma certo, prego» rispose facendogli strada, «gli operai lavorano con partita iva, è tutto in regola.»

«Questo lo lasci stabilire a noi» replicò sempre il più anziano. «Ha tutti i documenti concernenti gli adempimenti a carico del lavoratore autonomo?»

Adele lo guardò perplessa. Di che documenti parlava?

«Stiamo dando solo una rinfrescata al circolo, non faccio cambiamenti, non credo di aver bisogno della D.I.A., mi hanno detto che bastava la segnalazione dell'inizio attività...» cominciò.

Il vigile scosse il capo e la interruppe: «Ho visto la sua S.C.I.A. ma non basta. Ha gli attestati inerenti la formazione dei suoi operai? I certificati di idoneità sanitaria? La DURC? Ci fa vedere l'elenco dei dispositivi di protezione individuale in dotazione?». Come un mitragliere sparava a una a una le sue domande, alle quali Adele sapeva di non poter rispondere.

«Ma è sicuro che per una semplice imbiancata ci sia bisogno di tutto questo?»

Questa volta fu l'altro a ergersi in tutto il suo metro e sessanta di altezza dopo aver compilato un modulo.

«Signorina, la legge è legge e se non è in regola le dobbiamo fare una multa.»

Davanti alla parola "multa" Adele fu investita da un'ondata di panico.

«Sentite, non potete chiudere un occhio? Non sapevo che ci volessero tutti questi documenti, ma mi metterò in regola, promesso. Vi prego, venitemi incontro...»

I due vigili si scambiarono un'occhiata, poi il più anziano rispose con un'espressione grave: «Farò finta di non aver sentito». Prese dalle mani del collega i moduli della multa e glieli porse. «Non vogliamo metterla in guai peggiori. Regolarizzi la sua posizione o la prossima volta saremo costretti a farla chiudere» sottolineò, poi le voltò le spalle e si diresse insieme all'altro verso la macchina.

Adele guardò il verbale e sentì il sangue gelarsi nelle vene: tremila e cinquecento euro. Sbiancò.

«Tutto bene?» Marco si era avvicinato e la guardava con un'espressione preoccupata. «Cosa è successo? Cosa volevano i vigili?»

Adele si riscosse.

«Sono venuti per un controllo e questo è il risultato» rispose porgendogli il verbale.

Marco lo lesse poi commentò: «Forse non sono proprio il portafortuna che pensavi».

Adele scosse la testa.

«Lo sbaglio è mio. Dovevo informarmi prima di chiamare gli operai. Ma per fortuna ho un paracadute, ho chiesto un prestito in banca per poter fare i lavori con tranquillità. Dovrebbero darmi il placet a giorni» e gli sorrise. Nonostante la batosta, voleva continuare a pensare positivo. Se fosse riuscita a sistemare anche l'area campeggio, gli affari sarebbero andati alla grande ed era sicura che, nel giro di pochi mesi, sarebbe rientrata dell'investimento.

«Mi dispiace affondare il dito nella piaga» riprese lui, «ma hai verificato di essere a posto con le autorizzazioni per il campeggio? Prima di fare altri lavori ci penserei due volte, multe come queste sono pesanti da pagare» le fece notare.

«Lo farò, non voglio altre sorprese» rispose Adele. «Ma per il momento devo controllare tutti i documenti di Victor e Raul, altrimenti non possono lavorare» aggiunse pensierosa.

«Se vuoi, domani posso fare un salto in comune, giusto per capire la situazione» le propose Marco.

«Sei un angelo, non so come ringraziarti» rispose lei sorridendogli grata. Poi, d'impulso, lo abbracciò.

Marco si irrigidì e Adele, fraintendendo la sua reazione, si ritrasse imbarazzata.

«Scusami, non volevo metterti in difficoltà» si affrettò a dire allontanandosi da lui.

«Non c'è niente di cui tu debba scusarti, Adele» replicò Marco, trattenendola con delicatezza per un braccio.

Lei incrociò i suoi occhi e, per un attimo, vi lesse la traccia di emozioni che non riuscì a decifrare: turbamento, desiderio, rimpianto. Ma solo per un attimo. Poi Marco distolse lo sguardo e la lasciò andare.

«Allora, vuoi che vada a informarmi in comune?» le chiese riprendendo il filo del discorso come se nulla fosse accaduto.

Adele annuì: «Mi faresti un grande favore. Intanto io mi occuperò del resto» concluse.

GLI STAVA RENDENDO le cose più semplici del previsto. Era bastata una verifica negli uffici comunali per far naufragare l'idea del campeggio, senza che Marco aggiungesse nulla di suo. I permessi andavano rinnovati di anno in anno e servivano almeno sessanta giorni per avere l'autorizzazione del Comune. Dunque il progetto campo scuola estivo era morto prima ancora di nascere. Doveva essere contento, tutto remava in suo favore, e allora perché provava quella sensazione di malessere? Quando Adele lo aveva abbracciato, si era sentito un giuda. Lei era cristallina, lasciava trasparire le sue emozioni, si fidava delle persone che aveva vicino e che aveva scelto e questo lo metteva in difficoltà. Aveva la sgradevole sensazione di essere un lupo che sta per sbranare una pecorella indifesa e quella parte non gli piaceva. Anche l'idea di divertirsi con lei non lo tentava più. E non perché non ne fosse attratto. Allontanò irritato quei pensieri che lo distraevano dal suo obiettivo.

Arrivato al cancello, parcheggiò e si avviò a piedi alla Vela. Erano appena state consegnate le derive e Adele le stava facendo sistemare nel rimessaggio. Marco si avvicinò e nel vederle rimase colpito. Adele gli aveva detto la cifra spesa per l'acquisto e si aspettava delle barche andanti. Quelle, invece, erano modelli recenti e in perfette condizioni.

«Chi è il folle che te le ha vendute a quel prezzo ridicolo?»

Adele si girò di scatto ridendo.

«Allora non mi hai creduto quando ti ho detto che avevo fatto un buon affare!»

Gli occhi le brillavano e Marco pensò che era bellissima: abbronzata, senza un filo di trucco, con i capelli spettinati e una maglietta oversize colorata.

«Diciamo che ero perplesso» ammise.

«È stato un amico di mio padre a indicarmi la scuola che le dava via. Il proprietario si trasferiva in Australia e voleva disfarsene il prima possibile.»

Lui fece un gesto di approvazione. Peccato trovarsi su sponde opposte, Adele sarebbe stata un'ottima socia, aveva il senso degli affari e la caparbietà per riuscire a concretizzarli.

«Tu sei riuscito a sapere qualcosa?» gli chiese lei.

«Sì e non sono buone notizie.» Le spiegò la trafila burocratica dei permessi annuali e dei tempi di risposta del Comune. Di fronte all'aria delusa di Adele si affrettò ad aggiungere: «Temo che per quest'anno dovremo rinunciare al campeggio. Ma l'anno prossimo, se ci muoviamo per tempo, sicuramente riusciremo a realizzare il tuo progetto».

Vigliacco traditore, stai orchestrando la sua disfatta e continui a fare l'alleato! Quel pensiero gli attraversò la mente suo malgrado.

Adele per tutta risposta gli batté il cinque, facendo schioccare le mani sonoramente.

«Siamo una bella squadra, La Vela tornerà allo splendore dei tempi d'oro» dichiarò convinta. «È buffo» aggiunse, «mi sembra di sentire nell'aria la magia che si respirava qui in quegli anni, che sia una premonizione?»

Marco si sentì nuovamente in colpa, una sensazione che gli era estranea e che per questo risultava ancora più sgradevole.

«Torna a lavorare, streghetta, altrimenti non saremo mai pronti per l'apertura» replicò per evitare di restare su quel terreno pericoloso.

Poi notò che i ragazzi rumeni erano sul pontile a scartavetrare il legno.

«Hai già risolto tutto?» le chiese accennando con il capo ai due.

Lei annuì.

«Quasi, il commercialista ci farà avere i documenti in serata» rispose tornando al suo lavoro. Efficiente, fattiva, entusiasta.

Cosa mi devo inventare con te, Adele Forti?

ADELE PEDALAVA VELOCE. Preferiva raggiungere il circolo in bicicletta, non solo per mantenersi in esercizio ma per scaricare l'accumulo di tensione provocato dagli ultimi sviluppi. Anche se il sole splendeva facendo scintillare l'acqua del lago come fosse cristallo liquido, malgrado il suo innato ottimismo aveva la spiacevole sensazione che su di lei si stesse addensando una nuvola nera che oscurava il suo entusiasmo. In quegli ultimi giorni, di colpo tutto sembrava andare storto. L'unica cosa positiva era la presenza di Marco. Per un attimo Adele abbandonò i pensieri cupi, socchiuse gli occhi e lasciò che la brezza le accarezzasse il volto accaldato, mentre l'immagine di lui si formava nella sua mente sostituendosi a tutto il resto. Marco. La sosteneva e la spingeva a non abbattersi. Con una scusa o l'altra le era sempre vicino, pronto a intervenire, a darle consigli, a farle da spalla.

È soltanto questo?

Preferì non dare risposte a quella domanda decisamente scomoda. Non era il momento. Adesso doveva concentrarsi sulla Vela, sulla stagione che stava per cominciare, sulle sue priorità insomma.

Frenò di colpo davanti al cancello del circolo. Persa nei suoi pensieri, non si era accorta di essere arrivata. Quando entrò, quello che vide le scaldò il cuore molto più dei raggi del sole che avevano dato alla sua pelle una bella tinta ambrata. Fuori dal capannone del rimessaggio Marco, con indosso solo un paio di jeans sfilacciati e tagliati al ginocchio, era intento a risciacquare con cura con una manichetta le derive che le erano state consegnate il giorno prima. I capelli erano trattenuti dalla solita bandana, mentre il torace muscoloso e abbronzato era ricoperto di minuscole goccioline di sudore che lo facevano brillare come fosse una statua preziosa. Adele rimase per qualche istante immobile a contemplarlo. Era innegabile che fosse uno spettacolo per gli occhi.

Non è quello che mi interessa.

Ma chi vuoi prendere in giro, Forti?

In quel momento Marco sollevò la testa, la vide e le sorrise.

Adele interruppe il suo battibecco interiore e si avviò verso di lui.

«Buongiorno» lo salutò, «sei mattiniero.»

Lui chiuse l'acqua e annuì, scostandosi dal viso alcuni ricci sfuggiti alla bandana, in un gesto infantile che fece provare a Adele una involontaria fitta di tenerezza.

«Inevitabile con il mio lavoro» rispose lanciando un'occhiata di apprezzamento alle gambe abbronzate di lei. Poi indicò le derive. «Confermo che la nostra piccola flotta è in ottime condizioni, le vele sono a posto e gli scafi avevano bisogno solo di una bella doccia di acqua dolce.»

Adele cercò il suo sguardo.

«Grazie, non so se ce l'avrei fatta senza di te» disse con sincerità.

Marco si concentrò di nuovo sulle barche. E per un attimo Adele ebbe la sensazione che fosse turbato. Poi però lui le rivolse il suo sorriso scanzonato.

«Figurati, normale amministrazione» rispose, tornando a riprendere il lavoro interrotto.

Adele stava per aggiungere qualcosa quando udì lo squillo del cellulare. Dopo la solita ricerca nella borsa, lo tirò fuori e rispose.

«Signora Forti?» riconobbe subito la voce nasale del direttore della banca.

«Sono io, mi dica direttore. Posso venire a firmare i documenti?»

Dall'altra parte ci fu una breve pausa imbarazzata. Poi l'uomo riprese a parlare e, man mano che andava avanti, Adele si sentiva franare il terreno sotto i piedi.

«Ma è proprio sicuro?» provò a dire a un certo punto.

La risposta, anche se condita d ipocrite parole di scusa, fu categorica.

Adele riattaccò e sentì il suo incrollabile ottimismo venire meno.

«Che succede?» Marco la fissava con una strana espressione negli occhi.

«La banca ha deciso di non concedermi il prestito» rispose con voce piatta.

«Mi dispiace Adele.»

Marco si voltò per chiudere il rubinetto dell'acqua e lei non vide il lampo che gli attraversava lo sguardo.

CAPITOLO
OTTO

Marco era sempre stato bravo a poker e più di una volta si era divertito a fare il doppio gioco per confondere i suoi avversari, non solo al tavolo da gioco. Ma si trattava di una sfida alla pari. Con Adele aveva sempre più la sensazione di sparare sulla Croce Rossa. Per questo non aveva resistito al desiderio di consolarla dopo che il direttore della banca, che si era mostrato molto sensibile alle sue argomentazioni quando Marco gliele aveva esposte il giorno prima, le aveva comunicato che non avrebbe avuto il prestito. La soddisfazione di aver raggiunto il risultato che si era prefisso aveva il sapore amaro della delusione e dello sconforto che aveva letto negli occhi di lei. Di fronte al suo sguardo fiducioso si era scoperto a chiedersi se il gioco valesse la candela. Certo che sì, si era risposto troppo in fretta.

E adesso Giselle voleva vederlo con una certa urgenza, gli aveva detto che lo aspettava alla villa per l'ora di cena. Perché? Arrivò con un lieve anticipo, la sua socia non era ancora rientrata. Marco si preparò un aperitivo ghiacciato e uscì in giardino. Nonostante la calura di quei giorni, la sera, verso quell'ora, si levava una lieve brezza. Vide una deriva che veleggiava al centro del lago. Pensò ad Adele. Forse era lei. L'aveva lasciata al circolo mentre armava il laser. Era il suo modo per rilassarsi e affrontare al meglio i problemi, gli aveva spiegato. E non c'era dubbio che lui gliene stava procurando parecchi, si disse sforzandosi di ritrovare il suo cinismo, senza però riuscirci.

"Perché non vieni con me a fare un giro? Questa è l'ora più bella" gli aveva proposto, e a Marco era dispiaciuto dover rifiutare. Inutile negarlo: non solo era attratto da lei ma doveva ammettere che Adele aveva conquistato la sua stima. Era un giusto mix di determinazione e intelligenza, sapeva quanto fossero importanti l'impegno e la volontà per perseguire uno scopo, ma anche quanto fosse essenziale prendersi degli spazi per rilassarsi e ricaricare le energie. E poi non aveva mai conosciuto una donna che nutrisse la sua stessa passione per la vela.

«A cosa pensi?»

Marco si voltò e si trovò di fronte Giselle.

«Pensavo alla Forti» rispose sincero, «avevi ragione, sa quello che vuole. È in gamba, sotto molti punti di vista mi ha sorpreso.»

«Me ne sono accorta» fu la risposta secca e inattesa della sua socia.

«Che vuoi dire?» chiese lui sulla difensiva.

«Semplice, ho la sensazione che tu stia perdendo di vista il nostro obiettivo. Per questo volevo vederti.»

Quel discorso a Marco non piacque per niente e quello che seguì gli piacque ancor meno.

«Non possiamo permetterci di rallentare l'azione di sabotaggio solo perché ti sei invaghito della fanciulla» aggiunse infatti Giselle aggressiva.

«Ma che ti sei messa in mente?» replicò nello stesso tono,

reso ancora più aggressivo dalla consapevolezza che lei, anche se spinta dalla gelosia, aveva colto nel segno.

«Vorrei sbagliarmi, ma è molto più che una sensazione» ribatté la socia piantandogli gli occhi in faccia.

Marco respirò a fondo per recuperare il controllo.

«Sto solo prendendo tempo, Giselle» replicò con una calma che non provava. «Ha l'acqua alla gola, è solo questione di giorni.»

«Spero che sia come dici.» Gli voltò le spalle e tornò verso la villa.

Marco non la seguì.

IL GIORNO successivo il tempo prometteva tempesta. Le nuvole in cielo erano scure, la temperatura era calata e un vento nervoso increspava l'acqua.

Marco era uscito presto per fare una passeggiata sulla riva. Le parole di Giselle lo avevano rincorso tutta la notte. "Ti sei invaghito della fanciulla." Sapeva che il suo comportamento non era coerente, che per la prima volta in tutta la sua carriera aveva perso di vista l'obiettivo. Poteva negarlo con lei, ma non con se stesso.

Il problema era Adele.

La comune passione per la vela era un collante molto forte, ma non era il solo. Ogni giorno che passava la loro intesa cresceva. Anche se erano in disaccordo, le loro discussioni erano sempre molto stimolanti. Adele era una donna fantastica, ma aveva un unico un difetto: era la controparte in un affare che non poteva veder sfumare. Era l'avversario da combattere. Affascinante, intelligente, sensuale, ma pur sempre il suo avversario.

Doveva riprendere il controllo della situazione senza lasciarsi incantare, doveva focalizzare sul suo obiettivo e questo significava una sola cosa: spingere il circolo verso il fallimento .

S'incamminò verso La Vela e accelerò perché d'improvviso il cielo si era oscurato. Un lampo seguito da un boato annunciò il temporale. La pioggia cominciò a scendere, accompagnata da forti raffiche di vento. Marco osservò il lago, colpito da quella che sembrava una tempesta perfetta. Barche rovesciate dal vento, ombrelloni risucchiati dalla tromba d'aria, onde che non avevano nulla da invidiare ai cavalloni del mare. Il pensiero andò subito a Adele e al circolo. Incurante dell'acqua che lo sferzava, corse fino al cancello. Il grosso leccio all'entrata era stato divelto dal vento ed era crollato sul cancello, danneggiandolo. Le sdraio erano volate via e la porta del rimessaggio era stata strappata dai cardini. Sembrava che la natura si fosse accanita contro tutto ciò che Adele aveva faticosamente cercato di restaurare in quei quindici giorni. Sotto la pioggia battente Marco la vide lottare contro l'uragano cercando di legare le barche, una a una, incurante del pericolo. Senza esitare, corse da lei e l'aiutò ad ancorare a terra tutte le derive.

«Dovrebbero reggere» le gridò per farsi sentire quando anche l'ultima fu sistemata. «Adesso non ci resta che aspettare che passi» aggiunse, spostandole una ciocca bagnata dal volto.

Trovarono riparo in un angolo del rimessaggio, stretti uno vicino all'altra. Marco notò come lei si guardava intorno smarrita, soffrendo della desolazione causata dalle raffiche incessanti di pioggia e vento

«È stato tutto inutile...» la sentì mormorare.

Avrebbe dovuto essere soddisfatto, la natura aveva svolto il compito che lui si era rifiutato di portare a termine, eppure non riusciva a gioirne. Vederla così fragile, indifesa, con l'espressione disperata dipinta sul volto gli risultò intollerabile.

«Non dire così, non è da te lasciarti abbattere» le disse sfiorandole i contorni del viso con un dito. «È solo un acquazzone. Brutto, ma un acquazzone.»

«Ma ha distrutto tutto...»

«Shhh» Marco le posò il dito sulle labbra per farla tacere, «quando smetterà di piovere valuteremo i danni. Non c'è nulla che non si possa riparare» aggiunse e, d'impulso, l'attirò a sé, abbracciandola. La sentì tremare e la strinse con dolcezza, accarezzandole i capelli. Sapeva che era un errore, che rischiava implicazioni molto pericolose per il suo progetto, ma in quel momento l'unica cosa che desiderava era sentire il corpo caldo e morbido di lei contro il proprio e rassicurarla. Restarono così, in silenzio, assorbendo uno il calore dell'altra.

Quando finalmente la pioggia cominciò a scemare uscirono all'aperto. Sulla spiaggia c'erano canne, foglie, rami spezzati, ma regnava una strana quiete. Adele non disse nulla, si tolse la maglietta bagnata e restò in costume, poi prese un rastrello e cominciò a ripulire la riva. Attaccato a un palo, di traverso, c'era il suo laser, il boma si era leggermente piegato, ma aveva retto alle intemperie. Marco si avvicinò alla piccola deriva e la raddrizzò. Con un po' di lavoro sarebbe tornata come nuova.

LA LETTERA arrivò due giorni dopo il passaggio devastante della tromba d'aria. Recava l'intestazione di un ufficio legale e, quando la ebbe tra le mani, Adele esitò prima di aprirla. Aveva il presentimento che non si trattassero di buone notizie. La portò con sé al circolo e, una volta che si decise a leggerla, sedette a terra, con lo sguardo fisso davanti a sé, cercando di lottare contro lo sconforto che si era abbattuto su di lei come le raffiche rabbiose che avevano demolito La Vela.

Nel linguaggio tipico degli avvocati, un certo dottor Bassi la informava che, per conto della sua assistita signora Giselle Girardoux, aveva presentato un'istanza alla procura di competenza affinché il giudice, una volta esaminati gli incartamenti relativi, le imponesse di rispettare l'accordo che suo padre aveva siglato con la signora, impegnandosi a venderle il circolo denominato La Vela e bla bla bla.

Così la trovò Marco quando la raggiunse poco più tardi.

«Adele, che ti succede?» le chiese preoccupato. «Volevo darti una buona notizia, sono uscito con il tuo laser per provarlo dopo che ci avevo lavorato un po' e va alla grande...»

Lei lo guardò tristemente.

«A quanto pare è l'unica buona notizia» commentò amara.

«Perché dici così?» le chiese Marco. Poi il suo sguardo cadde sulla lettera dell'avvocato che giaceva abbandonata accanto a lei. «È per colpa di questa?» le chiese. «Posso vederla?»

Adele annuì senza commentare.

Marco prese la lettera e la scorse rapidamente. Lei lo vide contrarre le dita sulla carta fin quasi ad accartocciarla mentre sul suo viso passava un'espressione di rabbioso stupore.

«Tuo padre aveva firmato un compromesso per la vendita del circolo?» le chiese infine.

Adele tornò a fissare il lago davanti a sé. Si sentiva svuotata, priva di forze.

«Sì, poco prima di sentirsi male» rispose con voce atona. «Ma io ho restituito i soldi della caparra, anzi il doppio, come dice la legge.»

Marco sedette accanto a lei.

«È per questo che non me ne hai parlato?» le chiese.

«Speravo che la cosa si fosse chiusa lì. Evidentemente mi sbagliavo.»

Lui rimase in silenzio per alcuni istanti, poi si alzò, le tese la mano e la costrinse a fare altrettanto.

«Vieni con me.»

Adele lo fissò stupita.

«Dove vuoi andare?»

La stretta di lui era ferma e dolce al tempo stesso.

«Niente domande.»

Si lasciò condurre sulla riva, lo guardò mettere il laser in acqua e poi farle cenno di salire. Obbedì perché non aveva voglia di pensare ma solo di chiudere gli occhi, sentire il vento sul viso, lo sciabordio ipnotico dell'acqua, il calore del sole sulla pelle.

Sembrava che lui avesse intuito tutto questo, perché rimase in silenzio, pilotando con perizia la piccola deriva e facendola scivolare lieve sullo specchio appena ondulato del lago.

Poi Adele aprì gli occhi e incontrò lo sguardo di Marco fisso su di sé. Smarrita, sentì che desiderava perdersi in quelle profondità azzurre, annegarci fino a quando tutto il resto non fosse cancellato. Lui dovette leggerle quel desiderio negli occhi, perché fece rallentare la barca mentre si chinava su di lei. Erano soli. Li separavano soltanto pochi centimetri. Una distanza che Marco colmò senza smettere di affondare lo sguardo in quello di lei. Adele sentì il tocco delle sue labbra sulle proprie. Solo allora lui chiuse gli occhi. E lei fece lo stesso, mentre lui la circondava con un braccio e la attirava a sé, impadronendosi della sua bocca. Il laser adesso oscillava appena, mentre lei si abbandonava a un bacio che sapeva di aver sempre desiderato e che voleva non finisse più. La mano di Marco le affondò nei capelli, poi scese ad accarezzarle la schiena, mentre Adele gli circondava il collo con le braccia e assecondava la danza della sua lingua con la propria. Lui la strinse ancora di più a sé e lei aderì al suo torace muscoloso, percependone il calore sotto la maglietta leggera e desiderando che non ci fosse più nulla a dividerli, che fossero solo pelle contro pelle. Poi un movimento improvviso della barca li allontanò bruscamente spezzando l'incantesimo di quegli attimi. Adele intuì il cambiamento di lui, senza riuscire a darsene una spiegazione. Sembrava turbato, forse pentito.

«Scusa» le disse, «non avrei dovuto approfittare di un tuo momento di debolezza. Non succederà più.»

L'aveva baciata perché le faceva pena? Adele si irrigidì. Quel sospetto le fece male.

«Non devi scusarti» replicò, «non ce n'è motivo».

Marco tacque e si concentrò sul timone mentre lei si sentiva indifesa e sciocca. Dopo quello che aveva passato con Simone, stava rischiando di mettere di nuovo a repentaglio i suoi sentimenti. Lasciarsi andare così era stato un errore. Che non doveva ripetere se non voleva pagarlo caro. Non voleva essere il passatempo di un'estate, né tantomeno ispirargli il genere di sentimenti che si provano davanti a un cucciolo abbandonato e ferito.

Marco si voltò a guardarla: «Adele...» cominciò.

Ma lei lo interruppe: «Non servono spiegazioni, Marco. Anche io penso che sia stato uno sbaglio. Sono appena uscita da una storia e l'ultima cosa di cui ho bisogno in questo momento sono altre complicazioni» si augurò di essere risultata credibile e dignitosa.

Poi gli diede le spalle e rimase a fissare la scia luminosa che la barca tracciava sulla superficie del lago fino a quando gli occhi non le fecero male.

Il tragitto del ritorno lo fecero di nuovo in silenzio, ma questa volta pesante e carico di parole non dette.

MARCO ATTRAVERSÒ il viale che conduceva all'ingresso della villa in preda a un crescente malumore. Ce l'aveva con Giselle ma soprattutto ce l'aveva con se stesso. Cosa gli aveva preso? Non aveva resistito di fronte allo sguardo languido di Adele e al richiamo delle sue labbra invitanti, neanche fosse stato un adolescente al suo primo bacio. Odiava quella sensazione di sentirsi diviso a metà. Più si avvicinava al raggiungimento del suo obiettivo più si sentiva combattuto. Lui che pianificava sempre tutto, per una volta era stato preso alla sprovvista da qualcosa che non aveva messo in conto, la variabile impazzita delle sue emozioni.

Quando entrò nel grande salone, trovò Giselle che, sdraiata sul divano con aria annoiata, faceva zapping da un canale all'altro.

Marco attraversò la stanza a e si frappose fra lei e lo schermo.

«Le decisioni si prendono insieme. Perché non mi hai detto niente della lettera?» l'apostrofò.

Giselle lo guardò come se fosse caduta dalle nuvole.

«Veramente sei stato tu a suggerirmi di farla mettere sotto pressione da Bassi, te lo sei dimenticato?»

Marco non si lasciò ingannare dalla sua finta aria ingenua.

«Non era necessario, avevo la situazione sotto controllo.»

Lei lo fissò inarcando un sopracciglio.

«Questo lo dici tu, ma la mia impressione è un'altra e non intendo perdere i miei soldi per i tuoi bollenti spiriti.»

Marco sentì la collera montare e cercò di controllarsi.

«I tuoi soldi sono al sicuro» ribatté. «Fino ad oggi non sono mai venuto meno ai miei impegni, mi sembra.»

Lei lo fissò con freddezza.

«Fino a oggi, appunto. Ma da quando hai conosciuto la Forti ho l'impressione che tu voglia tenere il piede in due staffe. E questo non è possibile» concluse tagliente.

Lui si sentiva in difetto perché sapeva che Giselle aveva ragione. E questo lo rendeva ancora più furioso. Si rese conto che la rabbia rischiava di oscurare le sue capacità razionali. Ma si accorse di non sopportare che Giselle riducesse quello che c'era tra lui e Adele a un puro fatto fisico.

«Attenta a quello che dici» sibilò.

«Marco, non mi piace pensare questo di te, ma mi stai

mettendo con le spalle al muro» replicò lei. «Non mi fido più di te.» L'aveva detto senza alcuna inflessione, come se avesse pronunciato una frase sulle condizioni del tempo, ma quelle parole gravavano tra di loro come macigni.

Marco avanzò verso di lei e la fissò minaccioso.

«Ti avviso, un altro passo falso e sei fuori dai giochi. Non faccio affari con persone che non si fidano di me.» Non aveva alzato la voce, era bastato il tono perché Giselle capisse che aveva oltrepassato il limite.

Marco però sapeva che quella situazione non poteva andare avanti all'infinito e che avrebbe dovuto fare qualcosa che, per una volta in vita sua, gli riusciva difficile: scegliere.

ADELE, con l'aiuto di Raul e Victor, si era buttata anima e corpo nei lavori necessari a riparare i danni causati dalla tromba d'aria. Qualsiasi cosa andava bene per tenere a bada il pensiero di Marco. Anche essere costretta a far tagliare il vecchio leccio divelto dal vento.

Dal canto suo, Marco si era chiuso nel rimessaggio per dedicarsi a sistemare le barche danneggiate ed evitava di trovarsi solo con lei. Quel giorno aveva lasciato detto che doveva recarsi in paese e Adele pensò che era meglio così, piuttosto che temere (sperare?) di trovarselo di fronte in qualsiasi momento. Le immagini e le emozioni di quel bacio continuavano a tormentarla anche quando, esausta, posava la testa sul cucino e sprofondava nel sonno. Perciò cercava continuamente dei diversivi per tenersi impegnata. Stavolta era il turno delle stoviglie del bar e del ristorante. Aveva deciso di fare un inventario per stilare una lista degli acquisti necessari, anche se i suoi risparmi ormai erano agli sgoccioli. Ma desiderava che piatti e bicchieri fossero adeguati all'ambiente *smart*, così avrebbero detto a Milano, che aveva creato.

Aveva appena cominciato quando una voce alle sue spalle la inchiodò dov'era.

«Adele... mi sei mancata.»

Si voltò di scatto. Avrebbe riconosciuto quella voce ovunque. Apparteneva all'ultima persona che avrebbe mai pensato di rivedere alla Vela: Simone.

NOVE

Dopo aver dato le ultime direttive a Victor e Raul, Adele aveva portato Simone in paese. Non voleva restare da sola con lui e parlare in un luogo affollato le sembrava la soluzione migliore. Avevano raggiunto la piazza del castello e si erano seduti all'aperto in uno dei tanti bar disseminati ai piedi della fortezza. Simone sembrava del tutto a suo agio, si comportava come se quello che era successo negli ultimi venti giorni non fosse mai accaduto.

«Vedendolo si capisce perché Tom Cruise abbia voluto sposarsi qui, il castello è veramente maestoso» commentò osservando gli alti muraglioni perfettamente conservati.

Adele lo spiava nervosa, chiedendosi quando avrebbe scoperto le sue carte.

«Non penso che tu sia venuto da Milano per parlare di Tom Cruise» lo interruppe secca.

Simone non si lasciò smontare. Per tutta risposta allungò la mano su quella di Adele e la strinse fra le sue portandosela alle labbra.

«Stavo pensando che potremmo sposarci qui, come loro» le sussurrò ispirato.

Adele ritrasse la mano e ribatté ironica: «Non sai quanto è lunga la lista dei vip che si sono sposati qui e che hanno divorziato. C'è addirittura chi parla della maledizione del castello».

«Sarei disposto a sfidarla se mi dicessi sì» Simone era sicuro di sé e sembrava ignorare volutamente il fatto che lei lo aveva lasciato.

«Simone, noi non stiamo più insieme» gli ricordò cercando di mantenere la calma, di non alzare la voce, anche se non era facile di fronte alla sua presunzione e alla sua arroganza.

«L'ho mandata via subito, se è questo che vuoi sapere» intervenne lui. «Marika non significava niente per me. Puoi tornare quando vuoi, ti aspettano tutti.»

Adele era allibita, davvero pensava che il problema fosse quella ragazzina e che lei sarebbe tornata in agenzia come se niente fosse?

«Ho cercato di dirtelo» riprese Simone imperterrito, «ma non rispondevi al telefono, non aprivi i messaggi...»

«Perché non mi interessava» lo gelò lei. «E per quanto mi riguarda puoi tornare a Milano anche subito.»

Lui non si diede per vinto.

«Adele, ascoltami. Io ti amo, ogni giorno che passa mi rendo conto di quanto tu sia importante per me. Sposami, torna a Milano con me.»

Lei si chiese come avesse potuto stare con lui, addirittura pensare di sposarlo, senza rendersi conto del suo egocentrismo. Per Simone, preso solo da se stesso, ciò che provava lei sembrava non avere importanza. Al volto di lui, nella sua mente se ne sovrappose un altro: quello di un affascinante pirata dagli occhi azzurri, con una bandana che gli fasciava i ricci indisciplinati.

«Non funzionerebbe perché io non ti amo» rispose determinata.

Ma Simone sembrò non essere scalfito da quel rifiuto.

«Non ti credo. Sei confusa, è stato un periodo terribile, la morte di tuo padre... quello che è successo fra noi... è comprensibile che tu non sappia cosa vuoi.»

Adele strinse i pugni.

«Ti sbagli, lo so perfettamente invece. Voglio restare qui e riaprire la Vela.»

Lui la fissò incredulo.

«Stai scherzando vero?»

Finalmente aveva fatto breccia nella sua sicumera.

«Sono serissima» dichiarò.

«E come pensi di fare con il lavoro?»

«Per quello mi bastano un computer e un sito» replicò. «E poi mi occuperò del circolo.»

«Sono sicuro che ci ripenserai.»

«Invece no, non sono mai stata così certa di qualcosa in vita mia.» Fece un sorriso amaro. «Si vede che questi anni non ti sono serviti per conoscermi veramente, Simone.»

L'incontro con il suo ex le aveva confermato definitivamente che aveva fatto la scelta giusta. Sperava che Simone se ne fosse fatto una ragione e tornasse a Milano rinunciando a insistere. Era convinta che molto pesasse il suo orgoglio ferito e l'irritazione per aver perso una valida collaboratrice, che rischiava di diventare una concorrente, dato che lei gli aveva detto senza mezzi termini che non intendeva accantonare il suo lavoro.

Era tornata al circolo da sola. Gli operai erano in pausa e di Marco non c'era traccia. Marco. Quanto aveva influito, lui, nella sua decisione di chiudere definitivamente il capitolo Simone? Non voleva pensarci. A che serviva dopo che, in barca, si era tirato indietro? Eppure aveva percepito la sua tenerezza, il suo desiderio. Glielo avevano rivelato le sue labbra mentre la sfioravano prima con dolcezza poi con passione crescente, le sue mani che l'accarezzavano, la cercavano, volevano sempre di più, i loro corpi che si stringevano e che sembravano fatti uno per l'altro... Di nuovo si sentì prigioniera delle emozioni provate nei momenti trascorsi tra le sue braccia.

Mi ci vuole una bella nuotata.

Si diresse decisa verso la riva. Il lago era immobile, rifrangeva i raggi del sole come una lastra di cristallo, e non c'era nessuno in vista. Adele si tolse il vestito e i sandali e, rimasta in costume, si tuffò senza esitazioni. L'acqua fresca le diede una immediata impressione di benessere.

Cominciò a nuotare spedita, godendo di quella sensazione di freschezza, dei giochi di luce che disegnavano liquidi arabeschi tutto intorno a lei, del paesaggio che la circondava, incastonando lo specchio del lago in una cornice verde dalle mille sfumature. Una volta arrivata a una certa distanza dalla riva, Adele si fermò e si lasciò galleggiare, vagando con lo sguardo tra le nuvole che scorrevano pigramente sopra di lei nel cielo dello stesso blu intenso del lago. Poi socchiuse gli occhi, assaporando la sensazione di essere cullata dolcemente dall'acqua.

Ad un certo punto percepì una vibrazione che crebbe fino a diventare il battere ritmico di bracciate vigorose e regolari.

Non era più sola.

Si voltò verso la direzione da cui proveniva il suono e vide una testa di ricci bruni che si alzava e si abbassava al ritmo del crawl. Non ebbe bisogno di altro per riconoscere il nuotatore. Pochi istanti dopo uno sguardo azzurro la avvolgeva, mentre Marco la raggiungeva e si lasciava scivolare accanto a lei. Rimasero così a fissarsi in silenzio per alcuni istanti mentre la tensione tra loro cresceva fino a diventare insopportabile.

Adele sentì il bisogno di dire una cosa, una qualsiasi. Ma lui la precedette.

«Ti ho vista mentre entravi in acqua e non ho resistito.»

Cosa intendeva dire? Non voleva equivocare il senso di quelle parole.

«Avevi voglia anche tu di fare una nuotata?»

Lo sguardo di lui si fece ancora più intenso. «Ho voglia di qualcos'altro» mormorò.

Il suo alito caldo le sfiorò il volto, poi fu la volta delle sue labbra, che percorsero piano il profilo di lei per raggiungere la bocca e impadronirsene avide ed esigenti. Adele fremette e si lasciò andare contro di lui rispondendo al bacio. I loro corpi fluttuarono abbracciati, le bocche incapaci di staccarsi, le mani che si cercavano. L'acqua immobile intorno a loro faceva da contrappunto al desiderio che invece li trascinava con la potenza di una diga che aveva rotto gli argini.

Marco la sostenne mentre le sue labbra le accarezzavano il collo, l'incavo di seni e scendevano più giù per poi risalire in una carezza lenta e sensuale.

«Ho cercato di stare lontano da te, ma non ci riesco» le sussurrò all'orecchio, mordicchiandole il lobo. «Ti desidero troppo...»

Lei aderì al corpo forte e muscoloso di lui, lasciando che l'acqua li accarezzasse mentre ogni sua resistenza cedeva e l'unica cosa che importava era fondersi con lui e raggiungere insieme l'apice della passione. Poi si lasciarono affondare allacciati, giù nelle verdi profondità del lago che li accolse in un abbraccio liquido e silenzioso. Quando riemersero, ansanti, appagati, non ebbero bisogno di parole. Lui le accarezzò le guance e le labbra umide con il pollice in un gesto tenero e appassionato. Lei gli passò la mano nei capelli lucidi e zuppi, soffermandosi ad accarezzarli come aveva sognato di fare da quando lo aveva visto per la prima volta. Poi lentamente, uno accanto all'altra, ripresero a nuotare in sincrono verso la riva.

Quando furono quasi arrivati, Adele si fermò.

«Marco...» cominciò.

Lui le incorniciò il volto con le mani fissandola con dolcezza.

«Dimmi.»

«È venuto il mio ex da Milano, gli ho detto che è finita e che non tornerò al nord, che il mio posto è qui... ma è successo tutto così in fretta e mi sento travolta dagli eventi, ho bisogno di mettere ordine nella mia testa, di stare un momento da sola...» cercò di spiegare, ma era difficile perché era sopraffatta dalle emozioni e non riusciva a fare un discorso che apparisse sensato.

Lui continuò a tenerle il volto tra le mani con tenerezza.

«Ti capisco, anche per me non è stato facile, poi ti spiegherò... Abbiamo bisogno tutti e due di rimettere insieme cuore e cervello... oggi devo andare a Roma per sbrigare alcune cose, prendiamoci il tempo che ci serve» le sorrise, «ma senza esagerare, ok? Ho troppa voglia di te...» e le sfiorò le labbra in una carezza piena di sensualità. Poi la lasciò andare.

Ancora incredula, frastornata ma con una voglia assurda di mettersi a cantare, Adele annuì.

Insieme raggiunsero la riva e, recuperati i vestiti, si avviarono verso il circolo, ignari di essere osservati da qualcuno ben nascosto alla loro vista.

Seduto al tavolino di un bar sul lungolago, Simone stava valutando le sue prossime mosse. Era andato al circolo per cercare di far ragionare Adele, ma gli era bastato vederli insieme per capire che il suo problema era lui, l'istruttore di vela. Per questo li aveva spiati da lontano. Aveva vissuto tre anni con Adele e la conosceva. Quel modo di guardare con la testa lievemente reclinata in avanti, con le labbra che accennavano un sorriso, la mano che giocherellava con una ciocca di capelli...

flirtava con il ganzo senza nemmeno accorgersene. Si era sentito ribollire il sangue quando l'aveva vista voltarsi verso il tipo avvicinando il volto a quello di lui con lo stesso mix di sensualità e tenerezza che aveva conquistato il suo cuore. Cosa c'era tra loro? Fin dove si erano spinti? Lei non poteva scaricarlo per una nullità del genere. Decise che sarebbe rimasto e avrebbe lottato per riconquistarla. Non si sarebbe arreso tanto facilmente.

E poi c'era un'altra cosa. Era convinto di averlo già visto. Dovevano essersi incontrati da qualche parte. Ma dove? Se solo avesse avuto qualche indizio in più per combatterlo ad armi pari! Per sconfiggerlo doveva scoprire i suoi punti deboli e far leva su quelli per far capire a Adele che stava sbagliando tutto. Che l'uomo giusto per lei era lui. L'unico sistema per sapere qualcosa sul rivale era tenerlo sotto controllo, se necessario spiarlo. Avrebbe proposto ad Adele di darle una mano in vista della riapertura del circolo, magari per sistemare il nuovo sito. Non le avrebbe fatto pressioni, si sarebbe solo mostrato disponibile, facendole capire quanto teneva a lei e che desiderava aiutarla nella sua nuova impresa. In questo modo avrebbe potuto studiare l'altro e prima o poi gli sarebbe venuto in mente dove lo aveva incontrato.

Stava per andar via quando vide l'istruttore passare sulla via a bordo di un'auto. Simone decise di non perdere l'occasione, corse alla moto parcheggiata sull'altro lato della strada, indossò il casco e si lanciò all'inseguimento. Razionalmente era consapevole che si trattava di una mossa avventata e forse stupida, ma era deciso a sfruttare qualsiasi appiglio che gli permettesse di raggiungere il suo scopo.

Lo aveva seguito fino a Roma, dove il tizio era entrato in un palazzo lussuoso di uffici in un quartiere centrale e, dopo una mezz'ora, ne era uscito per riprendere la macchina e tornare indietro. Simone non era stato in grado di individuare da chi fosse andato e, una volta che quello ebbe imboccato la strada del lago, aveva creduto che stesse tornando al circolo da Adele.

Ma, a sorpresa, l'altro, prima di raggiungere La Vela, svoltò a un bivio sulla destra e cominciò ad arrampicarsi lungo una stradina che s'inoltrava sulla collina alle spalle del lago. Aveva rallentato, quindi anche Simone fu costretto a farlo per non scoprirsi. Lo vide fermare la vettura davanti a un cancello, scendere dall'auto, aprirlo, risalire in macchina ed entrare.

Simone attese un attimo, poi si avvicinò con la moto per leggere il grande cartello affisso sopra l'ingresso. Vi era riportata l'immagine dell'edificio che s'intravedeva fra gli alberi e si specificava che si trattava dei lavori di ristrutturazione del resort 'On Golden Pond'.

Simone si guardò intorno e, quando attraverso la fitta faggeta che circondava tutta l'area vide il lago, si rese conto che si trovava proprio alle spalle del circolo velico di Adele.

GISELLE ERA all'interno dell'edificio che avrebbe ospitato il resort e stava impartendo le direttive agli operai su come sistemare i divani che la ditta aveva appena consegnato. Marco entrò e si guardò intorno. Ormai la ristrutturazione era quasi terminata, a giorni sarebbero arrivati tutti i mobili e le attrezzature per la Spa. Il risultato era magnifico. Aveva fatto bene ad insistere perché si aprissero le vetrate sul lago e si giocasse tutto sull'accostamento pietra e tek: l'effetto che avevano ottenuto era superlativo. Uscì sulla terrazza e ripensò a quando aveva scoperto che quella villa con la polla d'acqua solfo iodica ipertermale era in vendita: non aveva avuto dubbi e si era adoperato per acquistarla a tutti i costi. Vista la posizione e le terme, era sicuro che ne avrebbe fatto un resort a cinque stelle e Giselle aveva creduto in lui. L'investimento era stato sostanzioso, ma era riuscito a trovare anche lo sponsor per coprire la cifra che mancava. Tutto l'ingranaggio sembrava perfetto, ma non aveva considerato l'incognita che avrebbe scompaginato le carte in tavola. Sorrise. Era una bella incognita. Nonostante tutto, non si pentiva di niente.

«Cosa ti ha detto Salemi? Sei riuscito a procrastinare?» gli chiese Giselle in tono ansioso raggiungendolo all'esterno.

«No.»

«Come no?»

«Semplicemente no. Non intende investire un euro di più.»

«Ma gli hai detto che avremo la spiaggia, che è solo questione di tempo...»

«Non gliel'ho detto perché non è vero. Non intendo continuare questa farsa. Il resort può farcela anche senza spiaggia» dichiarò Marco convinto.

Giselle sgranò gli occhi allibita.

«Sai benissimo che non è vero e comunque, se Salemi non ci mette più i soldi, come pensi di curare il lancio? Dove credi di trovarli?» Mentre parlava camminava su e giù per la terrazza, i tacchi a spillo che ticchettavano nervosamente sul legno. «Hai perso la testa?» lo aggredì fermandosi di fronte a lui. «Siamo rovinati!»

Marco rimase calmo.

«Ti sbagli, possiamo farcela. Non abbiamo bisogno di quella maledetta spiaggia, possiamo...»

«Mi sono informata» si sovrappose lei, «posso farle togliere la concessione demaniale, l'avvocato mi ha detto...»

Lui non la lasciò continuare.

«Non me ne frega niente di quello che ti ha detto l'avvocato. 'On Golden Pond' non avrà la spiaggia, punto e basta.»

«Tu sei pazzo!» gridò lei furibonda. «Io non colerò a picco insieme a te, mi risarcirai di ogni euro investito in questo posto. Te la farò pagare, te lo garantisco!» Giselle era fuori controllo.

Anche gli operai facevano capolino richiamati dalle sue urla. «Presto sentirai parlare di me!» lo minacciò con voce stridula.

Marco, imperturbabile, le indicò l'uscita.

«La strada la conosci» la liquidò.

Giselle si allontanò fuori di sé e corse verso la macchina, ma un tacco le cedette facendola rovinare a terra.

«Non finisce qui!» gli urlò con le lacrime agli occhi. «Andrò fino in fondo!» Si alzò e zoppicando montò sulla sua auto per poi partire in tutta fretta.

Marco sapeva che le loro strade si sarebbero separate, ma si era augurato che non succedesse in quel modo. La sua ex socia era pericolosa e sicuramente avrebbe cercato di rivalersi su di lui. Ma in quel momento le sue priorità erano altre: la fantastica ragazza che lo aspettava al circolo e la necessità di trasformare il resort in un affare a cinque stelle.

SIMONE AVEVA TROVATO una camera in un B&B vicino al centro del paese. Mentre sistemava le sue cose, continuava a pensare al rivale. Dove poteva aver incontrato un istruttore di vela braccianese? E cosa ci faceva il tizio nel cantiere edile alle spalle del circolo?

Andò a letto con quel tarlo, che si era a poco a poco trasformato in un'idea fissa. Stava per addormentarsi quando, da qualche parte del suo inconscio, emerse un'immagine ben definita recuperata nell'archivio della sua memoria. Simone si alzò di scatto, afferrò il tablet che era sul comodino, aprì la connessione a internet e digitò due parole chiave: 'imprenditore' e 'vela'. Poi fece un gesto di trionfo: tra i link individuati dal motore di ricerca spiccava quello di una rivista specializzata in cui veniva riportata l'intervista a Marco Rivelli, noto come 'l'imprenditore velista', che per il terzo anno di fila aveva vinto l'Atlantic Rally.

Simone fissò con rabbia la foto del rivale che stringeva tra le mani una coppa e sorrideva come se fosse il padrone del mondo. Ecco chi era, altro che uno sfigato istruttore di vela! Non sapeva quali fossero le intenzioni di Rivelli, ma dovevano essere losche perché una cosa era certa: il bastardo stava ingannando Adele.

DIECI

Adele emerse assonnata da un sogno che le aveva lasciato addosso una sensazione di irreale felicità. Il cellulare squillava. Rispose.

«Buongiorno principessa del lago, non dirmi che ti ho svegliato...»

Allora è tutto vero.

«Sognavo di te» mormorò.

«Avrei voluto esserci davvero» la voce di Marco era bassa e sensuale. «Devo venire a prenderti?» aggiunse e lei indovinò il sorriso nella sua voce.

Si liberò del lenzuolo e saltò giù dal letto.

«Non è necessario» rispose ridendo, «arrivo tra poco.»

«Ti aspetto» e in quelle due parole c'erano tante promesse.

Adele chiuse la comunicazione e si avviò verso la porta sentendosi leggera come se le avessero versato addosso un intero barattolo della polvere di Campanellino, la fatina di Peter Pan.

Oxana era in cucina e la guardò con aria interrogativa.

«Sembri diversa» constatò. «Che ti è successo?»

Adele sorrise.

«Quando verrai a trovarmi al circolo te lo racconterò.»

Oxana la stupì: «Pensavo proprio di passare, sono curiosa di vedere che stai combinando».

«Non dirmi che hai deciso di darmi una mano!»

L'altra scosse la testa: «Non ci provare. Sono solo curiosa».

Adele si era resa conto, da tanti piccoli dettagli, che l'atteggiamento della moglie di suo padre stava cambiando: le faceva trovare il pranzo o la cena pronti, non rispondeva alle domande solo a monosillabi e aveva messo da parte le battute acide. E adesso, per la prima volta, diceva che sarebbe passata al circolo, dove non aveva mai messo piede. Era sicuramente un progresso che lasciava ben sperare. Le rivolse un ampio sorriso: «Vedrai, non lo riconoscerai!».

Oxana ostentò un'espressione scettica ma Adele percepì che la sua ostilità si era molto attenuata. D'impulso la abbracciò: «Grazie!» esclamò.

Oxana si sciolse imbarazzata. «Basta con le sdolcinatezze, adesso vado a fare la spesa, se no facciamo digiuno!» dichiarò e un attimo dopo era uscita.

Adele stava bevendo il caffè quando suonarono alla porta.

Che fosse Oxana che aveva dimenticato qualcosa? O Marco impaziente di vederla? Sorrise tra sé mentre andava ad aprire con la tazzina in mano. Un attimo dopo il sorriso le si gelò sulle labbra: di fronte a lei c'era Simone.

«Buongiorno, me lo offri un caffè?»

Quella sua aria sicura la infastidì.

«Pensavo fossi partito» replicò.

«Mi conosci, non mi arrendo facilmente» ribatté lui sorridendo.

«Ne abbiamo già parlato Simone, per favore.»

Lui si avvicinò: «Non mi fai entrare?».

Adele si spostò di malavoglia.

«Veramente ho fretta, ci sono molte cose da fare al circolo e...»

Lui alzò la mano per interromperla.

«Infatti volevo proporti il mio aiuto, visto che sono qui mi farebbe piacere.»

Adele lo guardò stranita: «Simone, non mi sembra il caso, ognuno ha fatto le sue scelte, lo sai».

Lui la fissò con una strana espressione.

«Ma forse c'è stato un errore di valutazione, forse non sei riuscita a restare obiettiva e ti sei affidata alle persone sbagliate.»

Adele incrociò le braccia sul seno, il mento leggermente alzato con aria di sfida.

«Non credo proprio. E comunque, se hai qualcosa da dire, dilla e facciamola finita.»

La bocca di Simone si piegò in una smorfia ironica.

«Tu sai chi è veramente il tuo istruttore di vela?»

Lei lo guardò spiazzata: «Ma di che stai parlando?».

«Da quando l'ho visto ho avuto la sensazione di conoscerlo» riprese Simone, «ma non riuscivo a ricordare dove potevo averlo incontrato» continuò. «Poi ieri l'ho seguito...»

Adele lo interruppe incredula e rabbiosa: «Cosa hai fatto? Sei impazzito?».

«Volevo raccogliere informazioni su quel cascamorto» ribatté Simone. «E l'ho visto entrare in un posto dove non aveva motivo di andare. Indovina...»

Adele scosse la testa. Aveva la sensazione che il terreno le franasse sotto i piedi ma si aggrappava freneticamente ai ricordi di quello che c'era stato fra lei e Marco, alle sue parole, alla sua passione, alla sua tenerezza...

«Bene, allora te lo dico io» riprese Simone visto che lei non rispondeva. «È entrato in quel mega centro termale che stanno ristrutturando proprio sopra al circolo.»

A quelle parole una sensazione di gelo la attraversò, paralizzandola.

«Non è vero...» mormorò.

«Invece è proprio così» insisté lui con una punta di malignità che, malgrado quello che provava, non le sfuggì. «E allora, alla fine, ho fatto due più due e mi sono ricordato di un articolo che avevo letto un po' di tempo fa. Basta che guardi su internet e puoi verificarlo. Il tuo *istruttore*» calcò con ironia sulla parola, «è Marco Rivelli, soprannominato l'imprenditore velista perché partecipa ai più importanti tornei di vela. Compra le aziende, le ristruttura e le rivende. Non so cosa voglia da te, ma di sicuro ti ha detto un sacco di balle.»

Adele dovette fare uno sforzo immenso per restare in piedi. Aveva la testa che girava, il cuore che martellava in maniera scomposta e lo stomaco che si contraeva dolorosamente. Ma non voleva crollare davanti a lui.

«Vai via» gli disse solo.

«Adele, mi dispiace, volevo solo avvisarti, dovevi sapere che ti stava prendendo in giro.»

Lei ricacciò indietro le lacrime con rabbia.

«Vattene Simone» ripeté.

Lui si rese conto che parlava su serio. Fece un passo indietro.

«Ti prego» disse in tono supplichevole, «ripensaci. Ti aspetterò...»

«Non voglio più vederti» sussurrò Adele. E gli chiuse la porta in faccia.

Lo sentì allontanarsi sul vialetto d'ingresso, consapevole che stavolta era davvero finita.

Solo allora si lasciò scivolare a terra e permise alle lacrime di sgorgare. Le parole di Simone continuavano a rimbombarle nella testa. Marco Rivelli, l'imprenditore velista. Compra le aziende per ristrutturarle. Rivide Marco che si presentava come uno skipper istruttore di vela, Marco che si offriva di aiutarla e improvvisamente iniziava la catena dei guai: i vigili per i controlli, il progetto campeggio morto prima di iniziare, la banca che non le aveva concesso il prestito... Era successo tutto dopo che lui era entrato nella sua vita. E ora la scoperta del suo legame con il resort. La spiegazione poteva essere solo una: dietro a Giselle Girardoux, c'era qualcun altro che muoveva i fili. Lui. Marco.

Vedendola arrivare al circolo, Marco si rese subito conto che qualcosa non andava. Camminava rigida, come un automa e, quando fu più vicina, si accorse che aveva gli occhi rossi, il volto tirato, l'espressione cupa. Un campanello d'allarme iniziò a suonare insistentemente nella sua testa. Le andò incontro preoccupato.

«Adele...»

Ma lei non lo lasciò continuare.

«Una fantastica messinscena, dottor Rivelli, complimenti!» lo apostrofò sarcastica. «O forse sono io che merito l'oscar per la stupidità» aggiunse amara. «Mi sono fidata di nuovo dell'uomo sbagliato, evidentemente non ho imparato la lezione.»

Marco fu preso del tutto in contropiede e in un primo momento non trovò le parole per ribattere a quelle accuse. Fece per avvicinarsi e sollevò la mano per sfiorarla, ma lei arretrò e lo bloccò con uno sguardo ferito e carico di rancore.

«Non mi toccare.»

La mano di lui ricadde.

«Come l'hai scoperto?» le chiese senza, per una volta, riuscire a guardarla negli occhi.

«Non ha importanza» replicò lei. «E ti consiglio di non negare che sei d'accordo con la Girardoux, non ti crederei e peggioreresti solo le cose.»

Marco si rese conto che era inutile continuare a mentire.

«Hai ragione» ammise imponendosi di cercare i suoi occhi, trovandoli e sentendosi il peggiore degli uomini leggendoci dentro la sofferenza che lui le aveva causato e che lei cercava di nascondere dietro il tono sferzante. «All'inizio è stato così ma poi le cose sono cambiate...»

Adele lo interruppe con veemenza: «Non voglio sentire altro! Ti sei divertito, eh? Immagino le risate che vi sarete fatti tu e la tua degna compara alle spalle della ingenua ragazza innamorata del fascinoso istruttore di vela!».

D'impulso Marco le afferrò la mano e cercò di stringerla, ma lei lo respinse con rabbia.

«Lasciami stare!»

«Adele, ascoltami, non ho mai riso di te, te lo giuro» mentre lo diceva Marco si rendeva conto da solo di quanto risultasse patetico e poco credibile. «Mi sono messo in questa situazione e non sapevo come uscirne ma alla fine io...»

«Non mi interessano le tue bugie!» gridò lei interrompendolo di nuovo. «Io mi sono fidata di te, lo capisci? E tu ne hai approfittato nel peggiore dei modi. Sei più subdolo e più falso di Simone, sei più...» la voce le si strozzò in gola.

Marco si rese conto di non avere via d'uscita. Lei non gli avrebbe creduto, qualsiasi cosa dicesse per cercare di discolparsi.

«È vero» mormorò. «Ma adesso le cose cambieranno» insisté perché non poteva rassegnarsi a perderla e a vederle sul viso quell'espressione disgustata e addolorata.

Adele gli piantò in faccia gli occhi pieni di rabbia. «Cambieranno perché non ti vedrò più» dichiarò in tono irrevocabile. «Devi sparire immediatamente dalla mia vita. I.M.M.E.D.I.A.T.A.M.E.N.T.E. Adesso!» scandì.

Gli voltò le spalle e si avviò verso la rimessa delle barche. Poi si girò di nuovo verso di lui: «Quando rientro non voglio più trovare niente che mi ricordi di te, sono stata chiara?» e detto questo sparì all'interno del capannone.

Poco dopo Marco la vide uscire con il laser e dirigersi verso il lago senza più degnarlo di uno sguardo. Era finita. L'inganno di cui all'inizio era andato tanto fiero gli si era ritorto contro come un boomerang. Con tanto di beffa finale. E non poteva prendersela con altri che non con se stesso. A cosa sarebbe servito dirle la verità? Che si era innamorato di lei? Adele non gli avrebbe creduto. Con un sospiro si avviò verso quella che era stata la sua stanza e che, adesso lo sapeva, avrebbe rimpianto. Insieme a tutto quello che aveva vissuto con lei. Perché, si disse con amarezza, non sai cosa hai perduto fino a quando non l'hai perso.

Erano passati giorni da quando Adele era rientrata dal giro sul laser durante il quale, sola in mezzo al lago, aveva pianto tutte le sue lacrime. Marco aveva portato via le sue cose, senza lasciare traccia di sé, come lei gli aveva imposto. La piccola stanza che era stata la sua veniva adesso utilizzata come spogliatoio per i bambini che frequentavano il corso di vela. Ogni giorno il loro vociare allegro riusciva a distrarre Adele dai suoi pensieri cupi e dal ricordo di lui, almeno fino a quando terminava la giornata che trascorrevano tra lezioni teoriche e pratiche.

Inaspettatamente, era stata proprio Oxana a venirle in aiuto. Quando aveva scoperto quello che era accaduto e aveva visto l'effetto devastante che aveva avuto su di lei, aveva preso le sue parti. Non l'avrebbero data vinta a quella francese e a quel traditore del finto istruttore di vela, aveva dichiarato determinata. Sapeva che, se Riccardo fosse stato ancora vivo, l'avrebbe pensata esattamente in quel modo. Adele l'aveva abbracciata ed erano rimaste così per un po', due donne che si erano ritrovate e che in quel modo avevano suggellato il loro patto. Oxana era stata la prima a sciogliersi e, con la sua consueta ruvidezza, aveva riportato l'attenzione di Adele sulle cose pratiche. Lei si sarebbe occupata della gestione del ristorante e della spiaggia, permettendo così a Adele di tenere i corsi di vela. Aveva la patente nautica e la qualifica per poterlo fare, non c'era bisogno che cercasse un altro istruttore.

E così si erano lanciate insieme nell'avventura e Oxana aveva dimostrato di essere una partner affidabile ed efficiente.

Dopo l'inaugurazione, grazie anche al tam tam sui social e al passaparola di Paolo e degli amici di Riccardo, il circolo aveva cominciato a ripopolarsi e le richieste d'iscrizione al corso per giovani aspiranti velisti erano fioccate. Adele avrebbe dovuto essere soddisfatta ma, anche se si sforzava di tenerlo a bada, il dolore per il tradimento di Marco era lì, annidato dentro di lei, e faceva ancora molto male. Di lui non si era saputo più nulla, mentre le era arrivata la notizia che l'apertura del resort era prossima.

Quella mattina una cappa opprimente di foschia gravava sul lago, rendendo indistinguibile il confine tra acqua e cielo. Adele lottava contro la sensazione di tristezza che s'insinuava dentro di lei. Le immagini dei momenti condivisi con Marco, anche quelli in apparenza più insignificanti, le tornavano alla mente come un doloroso rigurgito del cuore. Marco che l'aiutava a dipingere le sedie, Marco che riparava le derive danneggiate dal tornado, Marco che la portava sul laser e la teneva stretta a sé. E poi la sua risata calda, il tocco delle sue mani, delle sue labbra, il contatto dei loro corpi che sembravano fatti l'uno per l'altro...

«Cos'hai stamattina?» lo sguardo acuto di Oxana era fisso su di lei.

Adele si riscosse. A che serviva quel masochistico ricordare i momenti passati con lui? Era stata tutta una finzione, non avrebbe mai dovuto dimenticarlo.

«Non mi fiderò più di un uomo» disse amareggiata.

«Gli uomini non sono tutti uguali» ribatté Oxana col suo solito senso pratico. «Guarda tuo padre, lui era diverso.»

Adele le sorrise: «Hai ragione. Devo smetterla di piangermi addosso».

In quel momento si accorsero che un tizio in giacca e cravatta con una valigetta avanzava verso di loro.

«La signora Adele Forti?» chiese.

«Sono io» rispose Adele guardandolo interrogativa.

L'uomo tirò fuori un documento dalla valigetta.

«Sono un ufficiale giudiziario» spiegò, «devo consegnarle questo.» E le porse il foglio.

Adele lanciò un'occhiata allarmata a Oxana, poi prese il documento con mani tremanti.

Lo lesse e cambiò colore, malgrado l'abbronzatura.

«Adele, che succede?» chiese Oxana preoccupata.

«Il giudice ha dato ragione alla Girardoux» rispose lei con un filo di voce, «ci dà trenta giorni, poi dobbiamo procedere alla vendita del circolo.»

LA SUA AVVENTURA si stava concludendo. Marco aveva appena issato il fiocco per stringere la bolina e serrare l'andatura. Trenta giorni in solitario e senza contatti a terra. Quattromila miglia sul suo mini 6.50 da Douarnenez fino a Guadalupe. Attraversare l'oceano. Una sfida fra uomo e mare, ma anche una sfida con se stesso. Un mese per mettersi alla prova, giorno dopo giorno, contando solo sulle proprie forze, sulla propria passione, sul proprio autocontrollo. Da soli in mezzo alle tempeste gli sbagli non sono ammessi. Di tempeste Marco ne aveva attraversate ed era sempre uscito indenne. Tranne un'unica volta. E non si trattava di una tempesta sull'oceano ma dentro il suo cuore. Guardò la terra avvicinarsi e pensò che lo aspettava la sfida più difficile della sua vita. La più importante.

I BAMBINI STAVANO TIRANDO le derive in secca. La lezione era finita e sarebbe stata l'ultima. Il giorno dopo Adele e Oxana dovevano recarsi dal notaio per l'atto di vendita.

«Hai deciso cosa farai? » le chiese Oxana, che l'aveva raggiunta sulla riva. «In fondo sono un bel po' di soldi» ma anche lei non sembrava più molto contenta di aver raggiunto il suo obiettivo.

«Non lo so» rispose Adele. «Riprenderò il mio lavoro a tempo pieno, credo.»

«Resterai qui?»

«Sì, comunque questa è casa mia.» Stava per continuare quando fu distratta dai bambini che indicavano qualcosa sul lago con esclamazioni di entusiasmo.

Adele seguì la direzione dei loro sguardi e s'immobilizzò.

Sinuoso ed elegante, il *Flying Dutchman* veleggiava verso il circolo. Al timone, anche se in controluce, una sagoma inconfondibile: alta, slanciata, capelli ribelli trattenuti da una bandana.

Si stropicciò gli occhi convinta di avere un'allucinazione. Poi guardò di nuovo e lui era sempre lì, adesso a pochi passi da loro. Con un agile salto, scese in acqua e tirò la barca a riva, mentre i bambini lo circondavano lanciando gridolini di ammirazione.

Ma lui guardava soltanto lei.

Prima che Adele potesse dire qualsiasi cosa, Marco la raggiunse e fece un gesto che la lasciò senza parole e senza fiato: si inginocchiò davanti a lei e le prese la mano.

«Adele, ti prego, ascoltami senza interrompere» le chiese fissandola con una tale intensità che lei non riuscì neppure a muoversi.

Ebbe la sensazione che il tempo si fosse fermato e che tutti, Oxana e i bambini, trattenessero il respiro.

«Ho una richiesta da farti» proseguì Marco.

Lei fece per parlare, ma lui la fermò con un gesto. Prese un foglio dal taschino della camicia e glielo mostrò: «Questa è l'ingiunzione del giudice» disse. E un momento dopo lo fece in mille pezzi. «Non devi più vendere, ho rilevato tutto io, ho liquidato Giselle. Perché ti amo e ti chiedo di essere tuo partner nel circolo e» fece una pausa, «nella vita.»

Gli occhi di Adele si velarono, mentre scoppiava un applauso.

«Allora?» le chiese lui, «qual è la tua risposta?»

«Sì!» gridarono i bambini all'unisono.

«Devi solo dire sì, non è difficile» la guardava con un'espressione così innamorata che tutte le sue resistenze cedettero di schianto.

«Sì» mormorò Adele tendendogli le mani e aiutandolo ad alzarsi.

Un attimo dopo si ritrovò tra le sue braccia. I volti vicini. Il respiro che si mescolava a quello di lui.

«Il resort non ha bisogno della spiaggia, diventerà un centro dietetico termale naturista d'eccellenza» riprese lui tenendola sempre stretta a sé. «E noi saremo un equipaggio fantastico» le indicò il *Flying*, «questo è il mio regalo di nozze, ma devi promettermi che farai con me la prossima transoceanica.»

«Ma il circolo...»

«Se ne occuperà Oxana, vero?» la interruppe lui voltandosi verso la moglie di Riccardo e facendole l'occhiolino.

Poi, prima che Adele potesse protestare, le chiuse la bocca con un bacio dolce e appassionato.

E lei dimenticò qualsiasi obiezione.

FINE

RINGRAZIAMENTI

Un ringraziamento speciale va a voi lettori che ci seguite dimostrando il vostro affetto e la vostra stima per il lavoro che svolgiamo. Vi siamo debitrici per le parole di incoraggiamento perché , talvolta, ci si lascia abbattere se qualcosa non procede come pianificato e sono, invece, proprio i vostri apprezzamenti che ci aiutano a investire tutte le nostre forze per regalarvi un libro che sia all'altezza delle aspettative.

Dunque un GRAZIE gigantesco per le vostre recensioni per noi linfa vitale.

FLUMERI & GIACOMETTI

Elisabetta Flumeri e Gabriella Giacometti sono da anni una collaudata coppia creativa. Esordiscono come autrici di romanzi sentimentali e fotoromanzi, per poi passare a scrivere per la radio, la pubblicità e le riviste femminili e per ragazzi. Pubblicano anche diverse guide per gli Oscar Mondadori e successivamente lavorano come sceneggiatrici televisive di lunga serialità, affrontando generi diversi, dalla commedia al sentimentale, dal giallo al dramma in costume. Nello stesso tempo operano come editor e supervisori di fiction tv e tengono corsi di scrittura creativa per insegnanti e alunni delle scuole elementari e medio superiori. Dal 2013 sono tornate al mondo dell'editoria e hanno pubblicato commedie romantiche con Sperling & Kupfer (i diritti de' *L'amore è un bacio di dama* sono stati acquistati da USA, Spagna, Germania, UK, Polonia, Francia, Bulgaria e Israele), Emma Books e gialli con Amazon Publishing.

Nel 2019 esce per Amazon Publishing il romanzo *Chiedi al passato*, secondo volume della serie gialla "Emma&Kate" a cui sono seguiti, sempre per la stessa serie, i titoli *False Verità* (2020) e *L'Ultimo verdetto (2021)*.

Nel 2022 esce il primo volume della serie FiatLux *Se la città dorme*.

ALTRI LIBRI

COMMEDIE ROMANTICHE

L'AMORE È UN BACIO DI DAMA (Sperling & Kupfer)

I LOVE CAPRI (Sperling & Kupfer)

TI DOMERÓ (Sperling & Kupfer)

SCRIVILO SULLA MIA PELLE (Sperling & Kupfer)

PROFUMO DI TE (Sperling & Kupfer)

QUESTO AMORE COSÍ VIOLENTO (nom de plume Isabella Greco)

QUESTIONE DI PELLE (gratis)

VOGLIO UN AMORE DA SOAP e PER AMORE E PER MAGIA

LE DIMORE DELL'AMORE

STUNT LOVE

CHEZ MOI

L'AMORE È...

GIALLI

SERIE FiatLux

SE LA CITTÀ DORME (vol 1)

SERIE EMMA & KATE

CHIEDI AL PASSATO (Emma & Kate vol 2)

FALSE VERITÀ (Emma & Kate vol 5)

L'ULTIMO VERDETTO (Emma & Kate vol 7)

———

PER POCO AMORE (gratis)

GUIDE

SCRIVERE CRIME FICTION

IN PERFETTA FORMA CON LE GIUSTE COMBINAZIONI
ALIMENTARI